MELMOTH,

L'HOMME ERRANT.

MELMOTH,

OU

L'HOMME ERRANT.

Par M. MATHURIN, auteur de Bertram, etc.

TRADUIT LIBREMENT DE L'ANGLAIS

Par JEAN COHEN,

ANCIEN CENSEUR ROYAL,

Traducteur des *Protecteurs et les Protégés*, du *Chevalier de Saint-Jean*, etc.

TOME PREMIER.

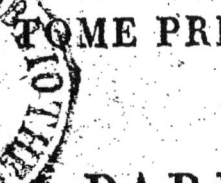

PARIS,

Chez G. C. HUBERT, LIBRAIRE,

Palais-Royal, Galerie de Bois, n° 222.

~~~~~~~~

1821.

MÉMOIRE;

ou

L'HOMME ERRANT.

MATÉRIAUX, etc.

PAR

PARIS,

1822

MELMOTH,

ou

L'HOMME ERRANT.

CHAPITRE PREMIER.

Dans l'automne de l'année 1816, John Melmoth, élève du collège de la Trinité, à Dublin, suspendit momentanément ses études, pour visiter un oncle mourant, et de qui dépendaient toutes ses espérances de fortune. John, qui avait perdu ses parens, était le fils d'un cadet de famille, dont la fortune médiocre suffisait à peine pour payer les

I.   1

frais de son éducation ; mais son oncle était vieux, célibataire et riche. Depuis sa plus tendre enfance, John avait appris, de tous ceux qui l'entouraient, à regarder cet oncle avec ce sentiment qui attire et repousse à la fois, ce respect mêlé du désir de plaire, que l'on éprouve pour l'être qui tient en quelque sorte en ses mains le fil de notre existence.

Aussitôt que John eut appris la maladie de son parent, il se mit sur-le-champ en route. Son chemin passait par le comté de Wicklow, et la beauté du pays ne l'empêcha pas de se livrer à de tristes réflexions, dont quelques-unes avaient rapport au passé, mais dont un plus grand nombre regardaient

l'avenir. Les caprices et le caractère
morose de son oncle; les bruits étranges qu'avait occasionés la vie reti-
rée qu'il menait depuis plusieurs années; la dépendance dans laquelle sa
fortune le mettait de cet homme singulier : toutes ces pensées pesaient sur
son âme. Il s'efforçait de les repousser;
seul dans la diligence, il contemplait le
pays, consultait sa montre; ses pensées le quittaient pour un moment,
mais ne pouvant les remplacer, il était
forcé de les rappeler, pour diminuer
au moins sa solitude. A mesure que la
voiture approchait de la Loge, rési-
dence du vieux Melmoth, le cœur de
John devenait de plus en plus oppressé.

Il se rappelait tout ce qui, depuis

son enfance, lui était arrivé dans la
maison de cet oncle terrible : les le-
çons qu'on lui donnait avant de l'in-
troduire en sa présence, les graves re-
commandations qu'on lui faisait de ne
point être embarrassant, de ne pas
approcher trop près de son oncle, de
ne lui faire aucune question, de ne
troubler, sous aucun prétexte, l'invio-
lable arrangement de sa sonnette, de
sa tabatière ou de ses lunettes, de ne
pas se laisser tenter par son éclat au
point de toucher la canne à pomme
d'or placée dans un coin; enfin, de
s'arranger de manière, en entrant et
en sortant de la chambre, à ne point
heurter contre les piles de livres, de
globes, de vieilles gazettes, de têtes à

perruques, de pipes à fumer, de bouteilles à tabac, sans compter les sou-
ricières et les vieux livres moisis qui
occupaient le dessous des chaises. Après
avoir évité tous ces écueils, il lui restait
à faire un salut respectueux, à fermer
la porte bien doucement, et à descendre l'escalier comme s'il avait eu des
souliers de feutre.

Aux fêtes de Noël et de Pâques, le
maigre bidet de son oncle paraissait
devant la porte de la pension et devenait l'objet des sarcasmes de tous les
écoliers. John le montait à regret pour
se rendre à la Loge, où il n'avait d'autres passe-temps que de rester assis en
face de son oncle, sans parler ou sans
faire un mouvement, jusqu'à ce que le

couple ressemblât à don Raymond et à
l'esprit de Béatrix dans le *Moine*. Quand
le dîner était servi, le vieillard, regardant attentivement son neveu, qui ron-
geait de maigres os de mouton, nageant
dans un faible bouillon, lui recom-
mandait surtout de ne pas trop manger
Le soir on se couchait avant la fin du
crépuscule, afin d'épargner la chandelle, et John, que la faim tenait éveillé
dans son lit, n'avait de consolation que
quand à huit heures, après le coucher
de son oncle, la vieille gouvernante
venait lui apporter quelque bribes de
son propre repas, en lui recommandant
entre chaque bouchée de n'en rien dire
à monseigneur.

Après s'être rappelé son enfance,

John songeait aux années qu'il avait passées au collége. Il y habitait une petite chambre dans les combles, au fond de la cour intérieure et n'était jamais invité à venir à la campagne, son oncle ne voulant pas payer les frais de son voyage. Il passait l'été à parcourir les rues désertes de la ville, et tous les trois mois l'épître usitée lui portait une mince, mais ponctuelle remise, accompagnée de plaintes sur les frais de son éducation, de conseils d'économie et de lamentations sur les retards des fermiers et le bas prix des terres.

A tous ces souvenirs se joignit celui des dernières paroles de son père: « John, mon pauvre enfant, je dois vous quitter. Il a plu à Dieu de vous

enlever votre père avant qu'il ait pu
faire pour vous, ce qui aurait rendu
cette séparation moins pénible. Désormais, John, il faut regarder votre oncle
comme votre seul appui. Il a des infir-
mités et des bizarreries, mais il faut que
vous appreniez à les supporter, comme
tant d'autres choses que vous ne con-
naîtrez que trop tôt. Mon pauvre enfant, puisse celui qui est le père des
orphelins, avoir pitié de vous, et toucher le cœur de votre oncle en votre
faveur! » La mémoire de cette scène
remplit de larmes les yeux de John; il
s'empressait de les essuyer quand la
voiture s'arrêta devant le jardin de son
oncle.

Il descendit et s'approcha de la porte,

tenant à la main un mouchoir noué
dans lequel il avait renfermé un peu de
linge blanc qui formait tout son équipage
de route. La loge du portier tombait
en ruines, et d'une cabane adjacente,
il vit accourir, pieds nus, un petit garçon qui s'empressa de faire tourner sur
un seul gond qui restait, une barrière
qui, jadis, avait été une porte, mais
qui, pour lors, se composait de trois
ou quatre planches, si mal attachées
qu'elles se balançaient comme une en-
seigne quand il fait du vent. Ce ne fut
pas sans peine que cette porte céda aux
efforts réunis de John et du garçon, et
tournant lourdement dans un mélange
de boue et de gravier elle s'ouvrit enfin,
et forma une large ornière. John, après

avoir vainement cherché dans sa poche
quelques sous pour récompenser son
introducteur, poursuivit son chemin ;
le jeune garçon marchait devant lui,
s'enfonçant à chaque pas dans de larges
mares, et se montrant aussi fier de son
agilité que de l'honneur qu'il avait de
servir *un gentilhomme*. A mesure que
John avançait dans cette route boueuse
qui avait été autrefois une avenue, il
découvrait sans cesse de nouvelles marques d'une désolation qui s'était consi-
dérablement accrue depuis sa dernière
visite. Tout annonçait que la rigide
économie s'était changée en sordide avarice; pas une haie, pas un fossé n'était
en état; ils étaient remplacés par un
mur de pierres détachées, dont les

nombreuses brèches étaient comblées de
genêt et de chardons. Pas un arbre,
pas un arbrisseau ne restait dans l'avenue qui avait été convertie par la nature
en une espèce de prairie, où quelques
moutons solitaires cherchaient les brins
d'herbes qui croissaient difficilement
à travers les cailloux, les chardons et
la terre durcie.

La maison se dessinait fortement dans
les ombres du soir : car il n'y avait
ni ailes, ni offices, ni broussailles, ni
arbres qui, en l'accompagnant, pussent
adoucir la dureté de ses contours. John,
après avoir jeté un regard douloureux
sur le perron couvert d'herbes et sur
les fenêtres fermées de planches, voulut frapper, mais il ne trouva pas de

marteau; à son défaut, il fut obligé de
se servir de grosses pierres qu'il ne
cessa de lancer contre la porte, comme
s'il eût voulu l'enfoncer, que lorsque
les aboiemens réitérés d'un mâtin, qui
semblait vouloir briser sa chaîne, et
dont les cris aigus et les yeux étincelans
indiquaient autant de faim que de colère,
lui en eussent fait lever le siège. Il quitta
pour lors la grande porte et se dirigea
vers un passage qu'il connaissait et qui
menait à la cuisine. En approchant il
vit des lumières à travers les carreaux;
il leva le loquet d'un main tremblante;
mais quand il eut reconnu les personnes
qui remplissaient cette cuisine, il s'a-
vança d'un pas hardi et sans crainte
d'être mal reçu.

Autour d'un feu de tourbe bien nourri et dont l'ampleur déposait de l'indisposition du maître, étaient assis la vieille gouvernante et deux ou trois *suivans*, c'est-à-dire des personnes dont la seule occupation consistait à manger, à boire et à bavarder dans toutes les cuisines du voisinage qui se trouvaient ouvertes par quelque événement heureux ou malheureux, le tout par amour pour monseigneur et à cause du grand respect qu'ils portaient à sa famille. Il y avait en outre une vieille femme que John reconnut sur-le-champ pour être le médecin femelle du village; sibylle ridée qui prolongeait sa misérable existence en tirant parti des craintes, de l'ignorance et des malheurs d'êtres aussi misérables qu'elle. Admise parfois dans les maisons honnêtes, par l'entremise des domestiques, elle y essayait l'effet de quelques simples, et ses tentatives n'étaient pas toujours sans succès. Dans le peuple, elle parlait souvent des pernicieux effets du *mauvais œil*, contre lequel elle assurait qu'elle possédait un contre-charme qui ne manquait jamais; et en parlant elle secouait ses cheveux blancs avec tant de vivacité, qu'elle communiquait presque toujours à ses spectateurs moitié effrayés, moitié crédules, une partie de l'enthousiasme qu'elle ne laissait pas d'éprouver. Si cependant le cas passait les bornes de son art, si elle voyait s'évanouir à la fois l'espérance et la vie, elle engageait

le malheureux malade à avouer *qu'il*
avait quelque chose sur le cœur, et
après cette confession arrachée à l'af-
faissement de la douleur ou à l'ignorance de la pauvreté, elle faisait un signe
de tête et prononçait des paroles mysté-
rieuses qui donnaient suffisamment à
entendre aux assistans qu'elle avait eu
à combattre des obstacles plus qu'hu-
mains.

Lorsque la santé régnant à la fois dans
la cuisine de monseigneur et dans les
cabanes de ses vassaux, menaçait de la
faire mourir de faim, il lui restait encore une ressource : elle disait la bonne
aventure.

Personne ne savait mieux qu'elle
tordre l'écheveau mystique qu'il fallait

faire descendre dans la carrière à chaux, au bord de laquelle la curieuse, intéressée à connaître l'avenir, s'arrêtait tremblante, jusqu'à ce qu'elle sût si la réponse à sa question : « Qui tient? » serait faite par la voix d'un démon ou par celle d'un amant.

Personne mieux qu'elle ne connaissait le lieu où les quatre sources se réunissaient. C'était là qu'à une époque mystérieuse de l'année, il fallait tremper la chemise, qui devait ensuite être déployée devant le feu, au nom de celui que nous n'osons nommer, pour être avant le matin retournée par l'image de l'époux destiné. Elle seule, s'il fallait l'en croire, savait au juste dans quelle main il fallait tenir le peigne,

tandis que de l'autre on portait une
pomme à la bouche, afin que pendant
ce temps le fantôme de l'époux se mon-
trât dans la glace, devant laquelle se
faisait l'opération. Personne n'était plus
exact qu'elle à éloigner de la cuisine
tout instrument de fer, pendant que
ces cérémonies s'exécutaient par les
dupes de son art, de peur qu'au lieu
de voir un beau jeune homme avec
une bague au doigt, une figure sans
tête ne s'avançât vers la cheminée, et
ne saisît ou la broche ou le fourgon,
pour en assommer l'imprudent dor-
meur. En un mot, personne ne savait
mieux tourmenter ou effrayer ses vic-
times, jusqu'à les persuader de la vérité d'un pouvoir qui plus d'une fois

I. 2

a mis les âmes les plus fortes au niveau
des plus faibles.

Tel était l'être auquel le vieux Melmoth, en partie par crédulité et plus
encore par avarice, avait confié le soin
de ses jours. John s'avança au milieu
du groupe, reconnaissant les uns,
voyant les autres avec peine et se mé-
fiant de tous. La vieille gouvernante lui
fit l'accueil le plus amical: Voilà donc
encore, dit-elle, ma petite tête blanche (notez que ses cheveux étaient noirs
comme du jais); et en disant ces mots,
elle voulut porter à la tête de John sa
main ridée, avec un mouvement qui
tenait le milieu entre une bénédiction
et une caresse: mais la difficulté qu'elle
éprouva lui fit connaître que cette tête

s'était élevée d'un pied depuis la dernière fois qu'elle l'avait caressée. Les hommes se levèrent tous à son approche avec les marques du respect que les Irlandais ne manquent jamais de témoigner aux personnes d'un rang supérieur. Ils souhaitèrent à monseigneur mille ans, et une longue vie en sus, et demandèrent si monseigneur ne voulait pas boire un coup pour calmer son chagrin; au même instant cinq ou six mains rouges et décharnées lui tendirent à la fois des verres de whiskey.

Pendant ce temps la sybille, assise au coin de la cheminée, fumait sa pipe et ne disait mot. John refusa poliment la liqueur qu'on lui offrait, jeta à la dérobée un coup d'œil à la vieille

ridée, et puis un autre sur la table, où
s'étalait une chère copieuse, bien dif-
férente de celle qu'il avait coutume d'y
voir jadis. La gamelle de pommes de
terre aurait paru au vieux Melmoth devoir suffire pour huit jours ; et ce n'é-
tait pas tout : on y voyait encore du
saumon salé, un plat de veau flanqué
de tripes; enfin, des homards et du tur-
bot frit.

Pour humecter ce splendide repas,
plusieurs bouteilles d'*aile* de Wicklow,
apportées secrètement de la cave de
monseigneur, étaient rangées le long de
l'âtre, et leurs sifflemens donnaient
assez à connaître l'impatience que leur
causait le bouchon; mais le whiskey,
bien frelaté, qui sentait le roseau et la

fumée, avait tous les honneurs du festin. Chacun en faisait l'éloge, et pour prouver sa sincérité, y buvait à longs traits.

John, en regardant autour de lui, ne put s'empêcher de se rappeler la mort de Don Quichoue, quand nonobstant son chagrin, sa nièce mangea comme à son ordinaire, la gouvernante but au repos de son âme, et Sancho lui-même crut pouvoir se délecter un peu. Après avoir rendu de son mieux la politesse de la société, John demanda comment son oncle se portait. « Au plus mal, » répondit l'un. « Beaucoup mieux, » dit l'autre. John se retournant avec vivacité, semblait demander à qui il fallait ajouter foi. « On dit que monseigneur

a eu un saisissement, » dit un grand
gaillard de six pieds, qui, après s'être
avancé d'un air mystérieux, cria sa
confidence d'une voix de Stentor, six
pouces au-dessus de la tête de John.
« Oui, » ajouta un second, en avalant
le verre que John avait refusé, « mais
monseigneur a eu le temps de se re-
mettre depuis. » A ces mots la sybille,
qui n'avait pas quitté son coin, tira
lentement sa pipe de sa bouche, et se
tourna vers la société. Jamais la Pythie
sur son trépied n'avait excité plus d'effroi, n'avait commandé un silence plus
profond. « Ce n'est pas *ici*, » dit-elle
en posant son doigt décharné sur son
front couvert de rides, « ni *là*, ni *là*, »
en touchant successivement le front de

ceux qui étaient près d'elle, et qui se
baissaient à mesure comme pour recevoir sa bénédiction, buvant ensuite un
coup pour en assurer l'effet. « Tout est
ici, tout est *autour du cœur*, » et elle
pressa ses doigts sur sa poitrine creuse,
avec une force d'action qui fit frémir
ses auditeurs. « Tout est *ici*, » répéta-
t-elle, excitée sans doute par l'effet qu'elle
avait produit; après quoi elle retomba
sur son siége, reprit sa pipe et ne dit
plus rien. Dans ce moment d'involontaire effroi et de silence, un son sinistre
retentit dans la maison. Toute la société en parut électrisée. Ce son était
celui de la sonnette de Melmoth. Ses
domestiques étaient en si petit nombre,
et étaient toujours si près de lui, que le

bruit de sa sonnette leur fit le même
effet que s'ils lui eussent entendu son-
ner lui-même la cloche pour son enterrement. « Il avait toujours l'habitude
de frapper pour moi, » dit la vieille
gouvernante, « parce qu'il ne voulait
pas casser les cordons des sonnettes. »

En attendant, ce son produisit l'effet qui devait naturellement en résulter.
La gouvernante s'élança dans la chambre du malade, suivie de plusieurs femmes (pleureuses), prêtes à ordonner
des médicamens s'il respirait encore,
ou à pleurer pour lui s'il avait déjà
rendu le dernier soupir. Elles battaient
des mains et essuyaient leurs yeux
arides. Ces vieilles sorcières entouré-
rent le lit, et à entendre la voix lamen-

table avec laquelle elles répétaient :
« Oh! il va partir! Monseigneur va
partir; monseigneur va partir! » on
aurait cru que leur vie était irrévoca-
blement attachée à la sienne. Quatre
d'entre elles se tordaient les mains et
hurlaient autour du lit, tandis qu'une
cinquième, avec une prestesse inconcevable, souleva la couverture pour sentir
les pieds de monseigneur, et déclara
qu'ils étaient froids comme de la pierre.
— Le vieux Melmoth retira promptement ses pieds, et comptant d'un œil auquel les approches de la mort n'avaient
rien ôté de sa justesse, le nombre de
personnes qui étaient rassemblées autour de son lit, il se leva à moitié,
s'appuya sur son coude aigu, et repous-

I.   3

sant la vieille gouvernante, qui s'efforçait d'arranger son bonnet de nuit, il
s'écria, d'une voix qui fit tressaillir tous
les assistans : « Que diable ! êtes-vous
toutes venues faire ici ? » Cette inter-
rogation dispersa pour un moment la
société, qui néanmoins ne tarda pas
à se rallier. On se parlait à voix basse,
et on se disait, avec de fréquens signes
de croix : « Le diable ! que Jésus-Christ
ait pitié de nous ! Le diable est le
premier mot que sa bouche ait prononcé. » — « Oui, » cria de toutes
ses forces le malade, « et le diable
est le premier objet que mes yeux aient
aperçu. »

« Quand ? Où ? » s'écria la gouvernante effrayée et se cachant dans la

couverture, dont elle dépouillait sans
miséricorde le moribond.

« Là, là, » répéta-t-il, en montrant
les femmes, réunies et surprises de
s'entendre traiter de démons, tandis
qu'elles venaient pour les chasser. »

« Seigneur! » dit la gouvernante d'un
ton radouci, « ne les connaissez-vous
pas? N'est-ce pas là une telle et là une
telle et là une telle? » Nous épargnons
à nos lecteurs une foule de noms irlandais et barbares, qu'il leur serait impossible de prononcer, et nous ne leur
en citerons qu'un seul, pour exemple,
c'était *Catchleen O' Mullighan.* »

« Tu mens, carogne, » grommela le
vieux Melmoth; « elles s'appellent lé-
gion, car elles sont en grand nombre;

qu'on les chasse d'ici, qu'on les chasse
de ma maison; si elles veulent pleurer
à ma mort, je leur en donnerai un
motif. Elles ne boiront point le whiskey qu'elles auraient volé si elles l'a-
vaient pu. » — En disant ces mots il
tira de dessous son chevet une clef,
qu'il montra d'un air triomphant à
la gouvernante, qui savait fort bien
s'en passer. — « Et ne mangeront
plus des viandes dont vous les avez
régalées. »

« Régalées! Jésus! » s'écria la gouvernante.

— « Oui, oui; je sais ce que je dis.
Et pourquoi y a-t-il tant de chandelles,
toutes des quatre à la livre; il y en a
autant à la cuisine, je gage. »

— « En vérité, monseigneur, ce sont toutes des six. »

— « Des six ! Et pourquoi diable brûlez-vous des six ? Croyez-vous en être déjà à veiller mon corps ? Eh ? »

« Non, monseigneur, pas encore, pas encore, » s'écrièrent en chorus les sorcières, « mais ce sera quand il plaira à Dieu. Monseigneur devrait bien songer à son âme. »

« Voilà le premier mot de bon sens que vous ayez dit, » reprit le moribond. « Donnez-moi mon livre de prières. Vous le trouverez là bas sous le vieux tire-bottes. Essuyez les toiles d'araignées ; il y a plusieurs années que je ne l'ai ouvert. »

La vieille gouvernante lui apporta le

livre. Il le prit, et tournant sur elle un regard de reproche, il lui dit :

« Qu'est-ce qui vous a fait brûler des six dans la cuisine, vieille prodigue ? Combien y a-t-il d'années que vous demeurez dans cette maison ? »

— « Je ne le sais pas au juste, monseigneur. »

— « Y avez-vous jamais vu de la prodigalité ou des dépenses inutiles ? »

— « Oh ! jamais, jamais, monseigneur. »

— « A-t-on jamais brûlé autre chose dans la cuisine que des chandelles de quinze à la livre ? »

— « Jamais, monseigneur, jamais. »

— « Ne vous a-t-on pas toujours

tenue aussi serrée qu'il a été possible?
répondez-moi. »

— « Sans doute, monseigneur. Tout
le monde vous rend justice, et sait
qu'il n'y avait pas dans le pays de
maison ni de main aussi serrées que les
vôtres. »

— « Et puisqu'il en est ainsi, comment avez-vous osé les desserrer avant
la mort ? J'ai senti l'odeur des viandes ;
j'ai entendu le son des voix ; j'ai entendu tourner et retourner la clef dans
la serrure. Oh! que ne suis-je levé, »
ajouta-t-il en se roulant dans son lit,
« oh! que ne suis-je levé, pour voir ce
qui se passe.... Mais non, cela me tue-
rait ; la pensée seule m'en tue. » Et il se
rejeta en arrière sur son traversin, car

il ne se servait jamais d'oreiller, qu'il
regardait comme du luxe.

Les étrangères, abattues et décon-
fites, se retirèrent en se regardant et
en parlant bas; mais la voix aiguë de
Melmoth les rappela.

« Et où allez-vous maintenant? Re-
tournez-vous à la cuisine pour me gru-
ger encore? N'y a-t-il pas une seule de
vous qui veuille rester pendant qu'on
lit une prière pour moi? Vous pourrez
en avoir un jour besoin vous-mêmes,
vieilles sorcières. »

Étonnées de ce reproche et de cette
menace, la troupe revint en silence et
se rangea autour du lit, tandis que la
gouvernante, quoiqu'elle fût catholique, demandait si monseigneur ne vou-

lait pas voir un ecclésiastique de sa croyance. Les yeux du moribond exprimèrent le mécontentement que lui causait la proposition.

« Et pourquoi faire? pour qu'il faille lui donner une écharpe et un crêpe à mon enterrement. Lisez donc, vieille c**; ce sera toujours autant d'épargné. »

La gouvernante en fit l'essai, mais elle fut obligée d'y renoncer à cause du mauvais état de ses yeux. Le malade demanda s'il n'y avait pas parmi ces dames quelqu'une qui voulût la remplacer. Il s'en offrit une, qui avait plus de bonne volonté que de talent, et qui lisant toujours sans rien comprendre à ce qu'elle disait, acheva les prières des agonisans sans s'en apercevoir, et continuant toujours, lut celles des relevailles, qui, dans les liturgies anglaises, se trouvent placées à la suite des premières.

Elle lisait avec une gravité merveilleuse. On l'interrompit malheureusement deux fois. D'abord le vieux Melmoth dit à sa gouvernante : « Descendez et couvrez le feu de la cuisine. Fermez ensuite la porte à la clef, *que j'entende tourner la serrure*. Avant que cela ne soit fait je ne puis faire attention à rien. » La seconde interruption fut celle de John Melmoth, qui étant entré dans la chambre, entendit les paroles mal sonnantes que prononçait la vieille, et s'agenouillant devant le lit de son

oncle, il prit le livre des mains de la
lectrice, et lut à son tour à demi-voix
les prières que l'église anglicane a con-
sacrées à la consolation des mourans.

« C'est la voix de John, » dit le
vieillard, qui tout-à-coup se rappela
le peu d'amitié qu'il avait toujours té-
moigné à ce malheureux jeune homme.
Il en fut touché. D'un autre côté, il
se voyait entouré de domestiques ra-
paces et sans attachement, et quoiqu'il
ne dût pas en espérer beaucoup d'un
parent qu'il avait toujours traité comme
un étranger, il sentit dans ce moment
qu'il ne l'était pas, et s'attacha à lui
comme à sa dernière planche de sup-
port.

« John, mon cher enfant, te voilà.

« — Je t'ai tenu loin de moi pendant
ma vie, et maintenant que je suis mourant, tu es à mes côtés. — Va, John,
lis toujours. »

John, profondément affecté de la
position où il voyait cet homme,
pauvre au milieu de toutes ses ri-
chesses, ainsi que de la demande solennelle qu'il lui faisait de le consoler
à ses derniers momens, continua sa
lecture ; mais sa voix s'altéra bientôt
par l'horreur que lui inspirèrent les
hoquets du malade, qui néanmoins
s'efforçait de temps à autre de demander à la gouvernante si elle avait bien
couvert le feu.

John, qui avait de la sensibilité, se
leva avec émotion.

« Allez-vous m'abandonner comme les autres? » dit le vieux Melmoth en essayant de se soulever dans son lit.

« Non, monsieur, » reprit John en observant la physionomie changée du moribond; « mais j'ai pensé que vous pourriez avoir besoin de rafraîchissement, de quelque chose qui vous donnât des forces. »

— « Oui, oui, j'en ai besoin; mais à qui puis-je me fier pour m'en aller chercher? *Elles*, » — tournant les yeux sur le groupe qui l'entourait, « *elles* m'empoisonneraient. »

— « Fiez-vous à moi, monsieur, » dit John, « j'irai chez l'apothicaire ou partout ailleurs, si vous le désiriez. »

Le vieillard lui prit la main, et,

l'attirant auprès de son lit, il commença
par jeter sur les autres personnages un
œil à la fois menaçant et inquiet, puis
il dit à l'oreille de son neveu : « Je
voudrais boire un verre de vin, cela
prolongerait ma vie de quelques heures;
mais je n'ose dire à personne de m'en
aller chercher : on me volerait une bou-
teille. »

John fut choqué de l'observation.
« Au nom de Dieu, monsieur, per-
mettez-*moi* de vous aller chercher un
verre de vin. »

« Vous ne savez pas où, » dit
le vieillard avec une expression de
physionomie que John ne put comprendre.

— « Non, monsieur; vous savez

que j'ai toujours été à peu près étranger
ici. »

« Prenez cette clef, » dit le vieux
Melmoth, après avoir éprouvé un
spasme violent. « Prenez cette clef; il
y a du vin dans ce cabinet, *du Madère.*
Je leur ai toujours dit qu'il n'y avait
rien là; mais ils ne m'ont pas cru; sans
cela, auraient-ils pu me voler comme
ils l'ont fait? Une fois, je leur dis que
c'était du whiskey; mais ce fut bien pis :
ils en burent le double. »

John prit la clef des mains de son
oncle. Le moribond le pressa en la lui
donnant, et John prenant ce mouvement
pour une marque d'amitié, le pressa à
son tour. Il fut détrompé par ces paroles que le vieillard lui dit à l'oreille :

« John, mon enfant, ne buvez pas de ce vin pendant que vous êtes là-bas. »

« Juste ciel! » s'écria John en jetant avec indignation la clef sur le lit ; puis se rappelant que l'être misérable qu'il avait devant les yeux, ne pouvait être un objet de ressentiment, il lui fit la promesse qu'il demandait, et entra dans le cabinet où nul autre que le vieux Melmoth n'avait mis le pied depuis soixante ans. Il eut de la peine à trouver le vin, et il resta assez long-temps pour justifier les soupçons de son oncle ; mais son esprit était agité, et sa main tremblante. Il n'avait pu s'empêcher de remarquer que le regard de son oncle, en lui accordant la permission d'entrer dans le cabinet, avait joint la

pâleur de l'effroi à celle de la mort.
L'horreur qu'avaient exprimée toutes les
femmes quand il s'en était approché,
ne lui avait point échappé, et enfin
quand il y fut, sa mémoire fut assez
cruelle pour lui rappeler vaguement
quelques circonstances qui y avaient
rapport, et qui étaient trop affreuses
pour que l'imagination osât s'y arrêter.
Il songea surtout que depuis un grand
nombre d'années personne n'y était
entré que son oncle.

Avant de le quitter il souleva la chandelle et jeta autour de lui un regard
mêlé de crainte et de curiosité. Il y vit
beaucoup de ces vieilleries inutiles que
l'on doit s'attendre à rencontrer dans
le cabinet d'un avare; mais bientôt ses

I. 4

regards s'attachèrent malgré lui à un
portrait suspendu contre la boiserie, et
qui lui parut bien mieux fait que la
plupart de ceux que l'on laisse moisir
sur les murs des vieux châteaux. Il repré-
sentait un homme de moyen âge; il n'y
avait rien de remarquable dans le cos-
tume ou dans la physionomie; mais
les yeux étaient de ceux que l'on voudrait n'avoir jamais vu, et qu'il est impossible d'oublier.

D'un mouvement aussi douloureux
qu'irrésistible, John approche du portrait avec la chandelle, et il distingue
sur le bord ces mots : *Jn. Melmoth*,
Ao. 1646. John n'était ni timide ni
superstitieux. Sa constitution n'était
point nerveuse, et cependant il ne put

s'empêcher de considérer ce portrait avec une muette horreur, jusqu'à ce que, réveillé par la toux de son oncle, il s'empressât de retourner auprès de lui. Le vieillard but son vin et en parut un peu ranimé. Il y avait long-temps qu'il n'avait rien goûté d'aussi restaurant; son cœur s'épancha dans une confiance momentanée, et il dit :

« Eh bien, John, qu'avez-vous vu dans cette chambre? »

— « Rien, Monsieur. »

— « C'est faux. Tout le monde ici veut me tromper ou me voler. »

— « Monsieur, je ne veux faire ni l'un ni l'autre. »

— « Dites donc ce que vous avez vu de... remarquable. »

— « Rien qu'un portrait, Monsieur. »

— « Un portrait, Monsieur!... *L'original existe encore !* »

Quoique John n'eût pas oublié l'impression que ce portrait lui avait faite, il ne laissa pas de paraître incrédule.

« John, » lui dit son oncle à l'oreille, « John, on prétend que je meurs de ceci ou de cela. L'un dit que c'est faute de nourriture, l'autre que c'est faute de drogues ; mais on se trompe. » —Ici sa physionomie devint d'une pâleur hideuse. « Oh ! John, je meurs d'une peur. » Puis étendant ses bras décharnés vers le cabinet, il ajouta : « Cet homme, j'ai de bonnes raisons pour savoir qu'il existe encore. »

« Comment cela se peut-il, Monsieur; répondit machinalement son neveu, « le portrait porte la date de
l'an 1646? »

« Vous l'avez donc vu, vous l'avez
donc examiné? » reprit son oncle.
Après avoir posé pendant quelques instans la tête sur son traversin, il saisit la
main de John, et dit avec un regard
qu'il est impossible de peindre : « Eh
bien, vous le reverrez, car il vit. » Le
vieillard tomba ensuite dans une espèce
de sommeil ou de stupeur, pendant laquelle ses yeux, toujours ouverts, s'é-
taient fixés sur son neveu.

Le silence le plus complet régnait
dans la maison, et rien n'interrompait
les réflexions du jeune Melmoth. Il

s'élevait dans son esprit une foule de
pensées qu'il aurait voulu écarter, mais
qui revenaient sans cesse malgré lui. Il
songea aux habitudes et au caractère
de son oncle, et se dit à lui-même :
« Il n'y a jamais eu personne de moins
superstitieux que lui. Il ne s'occupait de
rien que du prix des effets publics ou
du cours de change, si ce n'est des frais
de mon éducation, qui lui tenaient
plus à cœur que tout le reste. Est-il
croyable qu'un tel homme meure d'une
peur et d'une peur ridicule? S'imaginer qu'un individu qui vivait il y a cent
cinquante ans, vive encore ! Et cependant.... il se meurt. » John réfléchit
encore, car des faits arrêtent le logicien le plus opiniâtre. « Toute la du-

reté de son esprit et de son cœur ne l'empêche pas de mourir d'une peur! On me l'avait dit dans la cuisine; il me l'a répété lui-même; il ne peut s'être trompé. Si jamais j'avais entendu dire qu'il fût nerveux, fantasque, superstitieux; mais son caractère est si contraire à tout cela! Un homme qui eût vendu son âme et son sauveur! Qu'un tel homme meure de peur;... et cependant *il est mourant!* » John, en disant ces mots, jeta un regard douloureux sur la physionomie de son oncle, qui offrait déjà tous les symptômes effrayans de la *face hyppocratique.*

Le vieux Melmoth était, comme nous l'avons dit, dans une espèce de stupeur. John le croyant endormi, reprit la chan-

delle, et, poussé par une impulsion
dont il ne put se rendre compte, il entra dans la chambre condamnée. Son
mouvement réveilla le moribond qui
se souleva dans son lit. John ne s'en
aperçut pas, mais il entendit les gémis-
semens ou plutôt le râle affreux qui an-
nonce le dernier combat de la vie et de
la mort. Il frissonne et se retourne,
mais en se retournant il lui semble voir
les yeux du portrait, sur lesquels les
siens étaient fixés, *se mouvoir*. Il ren-
tre précipitamment dans la chambre de
son oncle.

Le vieux Melmoth mourut dans le
cours de la nuit; il mourut, comme il
avait vécu, dans une sorte de délire d'a-
varice. John ne s'était jamais formé l'i-

dée d'une scène aussi horrible que celle
que présenta sa dernière heure. Il jura
et blasphéma, pour une différence de
trois liards qui manquaient, disait-il,
depuis plusieurs semaines dans un
compte que son palefrenier lui avait
fait pour le foin de son cheval qu'il af-
famait. Au même instant il saisit la
main de John, et lui demanda les sa-
cremens. « Si j'envoye chercher un
prêtre, il me demandera de l'argent,
et je n'en ai pas à lui donner : je n'en ai
pas. On dit que je suis riche.... regar-
dez cette couverture; mais cela m'est
égal, si je puis sauver mon âme. » Puis
croyant parler à un ecclésiastique, il
ajoutait dans son délire : « En vérité,
docteur, je suis très pauvre. Je n'ai jamais

I.   5

été à charge à l'église jusqu'à présent; mais aujourd'hui, je vous demande deux grâces : sauvez mon âme, et tâchez de me faire enterrer aux frais de la paroisse, car il ne me reste pas assez pour cela. J'ai toujours dit que j'étais pauvre; mais, plus je le disais, moins on voulait m'en croire. »

John s'éloigna du lit avec la sensation la plus pénible, et s'assit dans un coin de la chambre. Les femmes y étaient rentrées, et il y faisait très-noir. Melmoth épuisé ne disait plus rien; un morne silence régnait partout. Dans ce moment la porte s'ouvre; un personnage entre, jette ses regards autour de la chambre et se retire tranquillement et sans parler. John, qui l'a-

vait vu., reconnaît sans peine l'original
du portrait. Sa première impression fut
de pousser un cri ; mais la voix lui man-
qua. Il voulut ensuite se lever pour suivre, l'inconnu , mais après un moment
de réflexion , il s'arrêta. Quoi de plus
ridicule que d'être effrayé ou surpris
de la ressemblance entre un homme
vivant et le portrait d'un mort ? Cette
ressemblance était à la vérité assez forte
pour l'avoir frappé, même dans une
chambre mal éclairée, mais au fond ce
ne pouvait être qu'une ressemblance ; et,
quoiqu'elle eût pu effrayer un homme
âgé et d'une mauvaise santé, John résolut de ne pas se laisser aller à une
semblable faiblesse.

Mais tandis qu'il s'applaudissait de

cette résolution, la porte s'ouvrit encore et le même personnage reparut,
faisant à notre jeune homme des signes
de la tête et de la main, avec une fami-
liarité peu rassurante. John se leva précipitamment de sa chaise, déterminé
cette fois à le suivre, mais il fut retenu
par les cris aigus, quoique faibles, de
son oncle, qui combattait à la fois contre la mort et contre sa gouvernante.
Celle-ci, inquiète pour la réputation de
son maître et pour la sienne, voulait à
toute force lui passer une chemise et un
bonnet de nuit blancs, tandis que Melmoth, qui avait encore tout juste assez
de connaissance pour sentir qu'on lui
ôtait quelque chose, s'écriait faible-
ment : « On me vole, on me vole dans

mes derniers momens; on vole un pauvre homme qui se meurt. John, ne viendrez-vous pas à mon secours? Je vais mourir sur la paille; on m'enlève ma dernière chemise; je meurs sur la paille!.... » Et en prononçant ces mots l'Harpagon rendit le dernier soupir.

CHAPITRE II.

QUELQUES jours après la cérémonie
funèbre, le testament du défunt fut
ouvert en présence de témoins, et John
se trouva seul héritier des biens de son
oncle, biens qui, peu considérables
dans l'origine, étaient devenus impor-
tans par son excessive économie.

Quand le notaire eut fini sa lecture,
il dit : « Voici quelques mots au coin
de ce document ; ils ne font point partie du testament ; ils ne sont point par
forme de codicille ni même signés par le
testateur, mais je crois pouvoir certifier

qu'ils sont de son écriture. » Il les montra au jeune Melmoth qui reconnut en
effet les caractères de son oncle, ces caractères perpendiculaires et étroits, pleins
d'abréviations et qui ne laissaient aucune marge au papier. Le jeune homme
lut, non sans émotion, ce qui suit :

« J'ordonne à John Melmoth, mon
neveu et mon héritier, d'enlever, de
détruire ou de faire détruire le portrait
marqué J. Melmoth 1646 et qui est suspendu dans mon cabinet ; je lui ordonne
aussi de chercher un manuscrit qu'il
trouvera, je pense, dans le troisième
tiroir, c'est-à-dire le plus bas, de la
commode en acajou, placé sous ce
portrait. Il est serré parmi quelques papiers sans valeur, tels que des sermons

manuscrits et des brochures sur l'amé-
lioration de l'Irlande; mais il le distin-
guera facilement, car il est noué d'un
cordon noir, et le papier en est moisi
et fort décoloré. Je lui permets de le lire
s'il le veut, mais je crois qu'il ferait
mieux de s'en abstenir. Dans tous les
cas, je le conjure, par les égards que
l'on doit aux volontés d'un mourant,
de brûler ce manuscrit. »

Quand John eut lu cette singulière
note, on reprit l'affaire qui formait
l'objet de la réunion. Le testament du
vieux Melmoth était si clair et en si bon
ordre que tout fut bientôt arrangé. Chacun se retira et John Melmoth resta seul.

Nous avons omis de dire que les
tuteurs de John nommés par le testa-

ment, car il n'était pas encore majeur, l'avaient engagé à retourner au collège, afin d'achever son éducation le plus promptement qu'il pourrait; mais John observa que le respect dû à la mémoire du défunt l'obligeait de rester pendant quelque temps dans sa maison. Ce n'était cependant pas là son véritable motif. La curiosité, ou bien un sentiment qui peut-être mérite un meilleur nom, s'était emparé de son esprit. Ses tuteurs qui étaient des personnages distingués dans les environs par leur état et leur fortune, et aux yeux desquels John lui même avait acquis beaucoup d'importance depuis qu'il avait hérité des biens de son oncle, le pressèrent de loger chez eux jusqu'à son

retour à Dublin. Il rejeta leurs offres
avec politesse, mais avec fermeté. Ils
firent donc seller leurs chevaux, serrè-
rent la main de leur pupille, partirent, et
Melmoth resta seul.

Il passa toute cette journée dans des
réflexions tristes et inquiètes. Il traver-
sait la chambre de son oncle; il approchait de la porte du cabinet et s'en éloignait aussitôt; il regardait les nuages
et écoutait le bruit du vent, comme
s'ils eussent allégé au lieu d'augmenter
le poids qui oppressait son âme. Vers
le soir, enfin, il fit monter la vieille
gouvernante de qui il espérait obtenir
quelques éclaircissemens sur les circonstances extraordinaires dont il avait été
témoin depuis son arrivée chez son on-

cle. Cette vieille, fière de l'honneur
qu'on lui faisait, se rendit immédiate-
ment auprès du jeune séigneur; mais
elle avait peu de chose à dire. Voici en
quoi consista à peu près sa déposition.
(Nous épargnons à nos lecteurs ses
éternelles circonlocutions, ses tournures
irlandaises et les fréquentes interrup-
tions qu'occasionaient ou sa tabatière
ou son verre de punch au whiskey,
que Melmoth avait en soin de lui faire
servir.) Monseigneur, c'était toujours
ainsi qu'elle nommait le défunt, avait
peu quitté depuis deux ans le petit cabinet qui était au fond de sa chambre
à coucher. Des voleurs, sachant que
Monseigneur avait de l'argent et ne dou-
tant pas que ce ne fut là qu'il le cachait

y étaient entrés ; mais n'y ayant trouvé
que des papiers, ils s'étaient retirés. En
attendant, le défunt en avait eu une si
grande frayeur, qu'il avait fait murer
la fenêtre. Pour ce qui la regardait, elle
était convaincue *qu'il y avait quelque
chose là dessous*, car monseigneur qui
jetait les hauts cris quand on dépensait
deux liards de trop, n'avait fait aucune
difficulté pour payer les maçons. Plus
tard, quoique monseigneur n'eût jamais aimé la lecture, on remarqua
qu'il se renfermait souvent dans sa
chambre, et quand on lui apportait à
dîner, on le trouvait presque toujours
lisant attentivement un papier qu'il cachait aussitôt que quelqu'un entrait. On
parlait aussi beaucoup d'un portrait qu'il

ne voulait montrer à personne. Sachant qu'il existait *une singulière tradition dans la famille*, elle avait fait ce qu'elle avait pu pour l'entrevoir; elle avait même été une fois chez Biddy Brannigan, la sybille dont nous avons parlé, pour découvrir ce qu'il en était; mais Biddy s'était contentée de secouer la tête, de remplir sa pipe, de prononcer quelques mots auxquels elle n'avait rien compris, et s'était remise à fumer. En attendant, deux jours avant que monseigneur tombât malade, il était le soir à la porte de la cour, quand il l'appela pour fermer cette porte, car monseigneur tenait beaucoup à ce que l'on fermât les portes de bonne heure. Elle s'empressait d'obéir, quand monsei-

gneur, impatienté, lui arracha la clef
des mains en jurant. Elle se tint à l'écart
voyant que monseigneur était fâché.
Tout à coup elle l'entendit jeter un
grand cri et tomber à la renverse. On
arriva promptement de la cuisine pour
le secourir. Elle était si effrayée, qu'elle
ne savait ce qu'elle faisait ; elle se rap-
pele cependant que le premier signe de
vie que son maître donna, fut de soulever le bras, et de l'étendre dans la
direction de la cour. Ayant levé les
yeux, elle vit un homme de haute
taille traverser la cour et sortir par la
grande porte, ce qui la surprit beaucoup ; car cette porte n'avait pas été
ouverte depuis plusieurs années, et tous
les domestiques étaient pour lors ras-

semblés autour de leur maître. Elle
avait aperçu la figure de cet étranger,
elle avait observé son ombre sur la mu-
raille, elle l'avait vu traverser lentement
la cour ; dans sa frayeur, elle avait
crié : Arrêtez-le ; mais tout le monde
étant occupé à secourir monseigneur,
personne n'avait fait attention à ce
qu'elle disait. C'était là tout ce qu'elle
pouvait raconter. Pour le reste, son
jeune seigneur en savait autant qu'elle ;
il avait vu la dernière maladie de son
oncle, il avait entendu ses dernières
paroles, il avait été témoin de sa mort :
comment pouvait-elle en savoir plus
que lui ?

« C'est vrai, » dit Melmoth. « Je l'ai
vu mourir ; mais vous avez dit *qu'il*

existait une singulière tradition dans la famille : en savez-vous quelque chose ? »

— « Pas un mot, quoique je sois déjà vieille : c'était long-temps avant que je fusse au monde. »

— « Je n'en doute pas. Mais avez-vous jamais remarqué que mon oncle fût superstitieux, fantasque ? »

Melmoth fut obligé de se servir de plusieurs périphrases avant de pouvoir se faire comprendre. A la fin, la gouvernante donna une réponse claire et positive.

« Non, jamais, jamais. Quand mon seigneur se tenait l'hiver dans la cuisine, pour ne pas allumer de feu chez lui, il se fâchait toujours des discours des vieilles femmes qui venaient de temps en temps allumer leurs pipes. Il fronçait le sourcil, et les bonnes vieilles étaient forcées de fumer leurs pipes en silence, sans oser faire la moindre allusion, même à voix basse, à l'enfant d'un tel, que le mauvais œil avait regardé, ou à l'enfant de tel autre, qui, bien qu'impotent et maussade pendant la journée, se levait régulièrement toutes les nuits pour aller avec les *bonnes gens* au haut de la montagne voisine, danser au son de la cornemuse, qui venait le soir l'appeler à la porte de sa chaumière. »

Les pensées de Melmoth devinrent plus sombres quand il eut appris ces détails. Si son oncle n'était pas naturellement superstitieux, il avait peut-

I.   6.

être été criminel. Peut-être sa mort
subite et extraordinaire et l'événement
étrange qui l'avait précédée, étaient-ils
liés avec quelque tort que, dans sa ra-
pacité, il avait fait à la veuve ou à l'or-
phelin. Il questionna la vieille gouvernante à ce sujet, mais d'une façon
prudente et indirecte. Sa réponse jus-
tifia complétement le défunt.

« C'était un homme, » dit-elle, « dont
la main et le cœur étaient également
durs; mais il était aussi jaloux des droits
d'autrui que des siens. Il aurait laissé
mourir de faim la moitié du monde,
mais il ne lui aurait pas fait tort d'un
liard. »

Il ne restait plus à Melmoth qu'une
ressource pour apprendre ce qu'il dé-

sirait savoir : c'était d'envoyer chercher
Biddy Brannigan, qui se trouvait encore dans la maison, et de laquelle il
espérait du moins entendre la tradition
dont la vieille gouvernante lui avait
parlé. Elle vint; et quand elle parut
dans la présence de Melmoth, on distinguait dans ses regards un mélange
d'orgueil et de servilité assez curieux
pour l'œil de l'observateur. Il provenait
de son genre de vie qui se partageait
entre une misère abjecte et d'arro-
gantes, mais d'adroites impostures.
Elle commença par se tenir respectueu-
sement à la porte de la chambre, prononçant quelques mots entrecoupés,
qui, selon toute apparence, étaient
destinés à des bénédictions, mais aux

quels son air et son ton donnaient une
couleur toute contraire. Aussitôt qu'on
l'eut interrogée sur le sujet de l'histoire,
elle prit un air d'importance, son front
s'élargit comme celui d'Alecton, qui,
dans Virgile, est tantôt une vieille
femme affaiblie par l'âge, et tantôt une
furie. Elle traversa la chambre avec
fierté, puis s'assit ou plutôt s'étendit sur
les carreaux de l'âtre, et, chauffant sa
main décharnée, elle se balança pendant quelque temps avant de commencer son discours. Quand elle eut fini
de parler, Melmoth s'étonna de la situation extraordinaire dans laquelle
les derniers événemens avaient placé
son âme, puisqu'il avait pu écouter
avec des sentimens d'intérêt, de curio-

sité, de terreur même, un conte si
incohérent, si absurde, si incroyable,
qu'il rougit au moins de sa folie, s'il ne
put la vaincre. En attendant, le résultat
de ces impressions diverses fut la résolution de visiter le cabinet, et d'exami-
ner le manuscrit dès le soir même.

Cependant quelle que fût son impatience, il se vit forcé d'y mettre des
bornes : car, ayant demandé à la gouvernante des chandelles, elle avoua
qu'elle avait brûlé les dernières la veille,
auprès du corps de monseigneur. Un
petit garçon fut expédié en toute hâte,
pieds nus, au village voisin, pour en
acheter : on lui dit en même temps
d'emprunter, s'il le pouvait, une paire
de flambeaux.

« N'y a-t-il donc pas de flambeaux dans la maison? » dit Melmoth.

— « Il n'en manque pas; mais nous n'avons pas le temps d'ouvrir la vieille malle pour retirer les flambeaux plaqués qui sont tout au fond, et quant à ceux de cuivre, il y en a un qui n'a pas de pied, et l'autre dont on a perdu la bobèche. »

« Et comment faisiez-vous donc vous-même? » demanda Melmoth.

« Je fichais ma chandelle dans une pomme de terre, » répondit la gouvernante.

Pendant que le garçon courait à perdre haleine au village, Melmoth eut tout le temps de réfléchir. La soirée d'ailleurs était propre à la méditation.

Le temps était froid et triste; d'épais
nuages annonçaient que la pluie d'automne qui tombait serait de longue
durée. Ils se succédaient avec promptitude, et Melmoth, appuyé sur la fenêtre délabrée que chaque coup de
vent faisait mouvoir, n'apercevait au
loin que la perspective la plus triste,
le jardin d'un avare. Des murs en ruine,
des allées couvertes d'herbe, des arbres
dépouillés et rabougris, des chardons
et des orties, remplaçent partout les
fleurs du parterre : c'était la verdure
du cimetière, le jardin de la mort.

S'il quittait la fenêtre pour regarder
la chambre, la chambre n'offrait pas
un aspect plus consolant. La boiserie
était noircie par la malpropreté et rem-

plie de fentes; le foyer était rouillé, et
les chaises n'avaient plus de garniture.
Sur la cheminée, on voyait pour tous
ornemens des mouchettes cassées, un
calendrier en lambeaux, de l'an 1750,
une pendule qui, depuis long-temps,
ne montrait plus l'heure, faute des ré-
parations les plus indispensables, et un
vieux fusil de chasse sans chien. Il ne
faut donc pas s'étonner si Melmoth ai-
mait mieux se livrer à ses pensées,
quelque pénibles qu'elles fussent, que
de contempler un tel spectacle de désolation. Il récapitula, mot à mot, la
relation de la sybille, du ton d'un juge
qui fait subir un contre-interrogatoire
à un témoin, et qui espère qu'il se
coupera.

« Le premier des Melmoth qui s'est fixé en Irlande, » avait-elle dit, « était un officier de l'armée de Cromwell, qui avait obtenu des terres confisquées sur une famille irlandaise attachée à la cause royale. Le frère aîné de celui-ci avait beaucoup voyagé, et il avait demeuré si long-temps sur le continent que sa famille l'avait en quelque sorte oublié. Rien n'engageait d'ailleurs ses parens à s'enquérir de lui. Les bruits les plus étranges couraient sur le compte du voyageur. Il avait, disait-on, appris les plus terribles secrets. »

Il faut se rappeler qu'à cette époque la croyance dans l'astrologie et dans la magie était fort générale. Cette crédulité s'étendit jusque sous le règne de

I. 7

Charles II. Quoi qu'il en soit, on assure
que vers la fin de la vie du premier
Melmoth le voyageur lui fit une visite:
au grand étonnement de sa famille, elle
ne le trouva nullement vieilli depuis la
dernière fois qu'elle l'avait vu. La visite fut courte; il ne parla ni du passé
ni de l'avenir, et ses parens ne lui firent
aucune question : car on dit qu'ils ne
se sentaient pas fort à l'aise en sa présence. Il leur laissa en partant son portrait, le même que Melmoth avait vu
dans le cabinet avec la date de 1646, et
il ne reparut plus. Quelques années
après une personne arriva d'Angleterre
chez M. Melmoth; elle montrait la plus
vive et la plus étonnante sollicitude
pour avoir de ses nouvelles. On ne pût
.I

lui en donner aucune, et, après quelques jours de recherches et d'inquiétude, il repartit, laissant après lui, soit par négligence, soit avec intention, un manuscrit contenant un détail fort extraordinaire des circonstances qui avaient accompagné sa connaissance avec John Melmoth, que l'on appelait communément *le voyageur*.

On avait conservé le manuscrit et le portrait, et s'il fallait en croire un bruit assez répandu, l'original vivait encore et avait été vu fréquemment en Irlande, même depuis la fin du dernier siècle ; mais on ne le voyait jamais que quand quelque membre de la famille était sur le point de mourir : encore fallait-il que les vices ou les défauts de cet individu répandissent sur sa dernière heure un intérêt morne et effrayant.

D'après cela la destinée future du défunt ne laissait pas d'inspirer des craintes à cause de la visite que ce personnage extraordinaire lui avait, ou paraissait lui avoir rendue.

Telle fut la relation de Biddy Brannigan; elle y ajouta que selon son opinion personnelle, John Melmoth, le voyageur, existait effectivement encore, sans que, depuis le temps, un cheveu de sa tête ou un muscle de sa physionomie fût dérangé. Elle avait vu des personnes qui l'avaient vu, et qui étaient prêtes à l'attester sous serment, s'il était nécessaire. On ne l'avait jamais entendu parler; il ne mangeait pas et n'entrait dans aucune autre habitation que dans celle de sa famille. Enfin, elle était convaincue que sa dernière apparition ne présageait rien de bon, ni aux vivans ni aux morts.

John réfléchissait encore à ses discours quand on lui apporta des chandelles; et sans égard aux figures pâles et aux chuchotemens prudens de ses domestiques, il se risqua témérairement dans le cabinet dont il ferma la porte après lui, et se mit à la recherche du manuscrit. Son oncle l'avait si bien désigné, que le jeune homme n'eut pas de peine à le trouver. Ce manuscrit vieux, décousu et décoloré, fut tiré du lieu même où le testament disait qu'on le trouverait. Les mains de Melmoth étaient aussi froides que celles de son oncle, quand il se mit à en déployer les pages. Il en entreprit la lecture; un profond silence régnait dans la maison. Melmoth regardait les chandelles avec inquiétude; il les moucha, et ne put s'empêcher de penser que leur lumière était obscurcie. Il crut même un instant, tel est le pouvoir de l'imagination, que la flamme avoit une teinte bleuâtre. Il changea plusieurs fois de position, et il aurait changé de chaise, s'il y en avait eu une autre dans la pièce.

Il oublia pendant quelques instans tout ce qui l'entourait, quand la cloche en sonnant minuit le fit tressaillir. C'était le premier bruit qu'il entendait depuis plusieurs heures, et les sons pro-

duits par des êtres inanimés, quand
tous les êtres vivans sont comme morts,
font, surtout durant la nuit, un effet singulièrement triste. John contemplait
son manuscrit avec un peu de répugnance ; il l'ouvrit, s'arrêta sur les premières lignes, et comme le vent sou-
pirait dans l'appartement désert , et
que la pluie battait contre la fenêtre
délâbrée, il désirait.... Que désirait-il?
Hélas, il lui eût été difficile de l'expliquer. Il eût voulu que le bruit du vent
fût moins triste, et la chute de la pluie
moins monotone. Il faut lui pardonner,
car il était minuit passé et il veillait seul
à trois lieues à la ronde.

CHAPITRE III.

Ainsi que nous l'avons dit plus haut, le manuscrit était décoloré, effacé, et qui plus est mutilé, au-delà de tout ce que l'on peut s'imaginer. Les plus fameux savans auraient perdu leur temps, s'il avait fallu le débrouiller en entier. Melmoth n'en put lire que quelques passages détachés. Il découvrit que l'écrivain était un Anglais, nommé Stanton, qui avait entrepris un voyage peu de temps après la restauration. A cette époque, on ne voyageait pas avec autant de facilité que de nos jours;

et pour bien connaître les principaux
pays du continent, il était nécessaire
de consacrer plusieurs années à les
parcourir.

Vers 1676, Stanton se trouvait en
Espagne. Comme la plupart des voyageurs de son siècle, il avait de l'instruc-
tion, de l'intelligence et de la curiosité;
mais il ignorait la langue du pays, et il
courait parfois de couvent en couvent,
demandant l'hospitalité, c'est-à-dire un
repas et un lit, qu'il obtenait sous la
condition de soutenir une thèse en latin, sur quelque point de théologie ou
de métaphysique, contre le premier
moine qui voudrait s'offrir pour le combattre. Le plus souvent les religieux
convenaient qu'il était bon latiniste et

fort logicien, et ils lui accordaient vo-
lontiers son lit et son souper.

Il n'eut pas ce bonheur le 17 août,
1677. Abandonné par un guide peu-
reux qui, à la vue d'une croix érigée
sur le bord de la route, en mémoire de
quelque assassinat, s'était sauvé dans la
crainte que l'hérétique qu'il accompa-
gnait ne lui portât malheur, Stanton se
trouva seul dans les vastes plaines du
royaume de Valence, aux approches
de la nuit, et par un temps orageux.
La beauté sublime, mais douce, du
paysage, lui avait causé une sensation
délicieuse, et il jouissait de cette sensation à la manière anglaise, c'est-à-
dire en silence.

Les débris magnifiques que les deux

nations qui avaient successivement pos-
sédé ce pays y avaient laissés, environnaient de toutes parts notre voyageur.
Il ne voyait autour de lui que des palais
romains ou des forteresses moresques.
Les nuages orageux qui s'élevaient lentement sur l'horizon, semblaient être
les linceuls dont se couvraient ces spec-
tres d'une grandeur évanouie. Ils appro-
chaient, mais ne les cachaient pas : on
eût dit que la nature elle-même respec-
tait le pouvoir de l'homme. Au loin,
l'aimable vallée de Valence rougissait
de tout l'éclat du soleil couchant, comme
une fiancée que son jeune époux vient
d'embrasser pour la dernière fois le soir
de ses noces. Stanton regardait autour
de lui. Il fut frappé de la différence entre

les ruines romaines et celles des Maures.
Parmi celles-là, on voit des théâtres et
des places publiques; celles-ci n'offrent
que des forteresses qui paraissent im-
prenables. Ce contraste avait quelque
chose de frappant pour un philosophe.
Les Grecs et les Romains étaient des
sauvages, s'il faut en croire le docteur
Johnson, car ils ne connaissaient pas
l'imprimerie, et cependant on voit partout des traces de leur goût pour les
plaisirs où les commodités de la vie,
tandis que les autres peuples conqué-
rans n'ont laissé dans les pays qu'ils ont
possédés que des vestiges de leur amour
désordonné du pouvoir.

Ces réflexions et d'autres semblables
remplissaient l'âme de Stanton, qui,

dans sa rêverie, oublia la lâcheté de
son guide, sa solitude et son danger aux
approches de l'orage, dans un pays
peu hospitalier, où sa qualité d'hérétique eût suffi pour lui fermer toutes les
portes. Il se plaisait à contempler la
scène à la fois magnifique et terrible
qui s'offrait à lui. La lumière combattait avec les ombres, et la profonde obscurité qui régnait par intervalles était
l'avant-coureur d'une lumière encore
plus terrible qu'elle. Stanton fut cependant rappelé au sentiment du
danger qu'il courait, quand il vit tout
à coup la foudre éclater et réduire
en poudre les restes d'une tour ro-
maine. Les pierres fendues roulèrent
avec fracas du haut de la montagne,

et vinrent tomber aux pieds du voyageur.

Il tressaillit et éprouva un moment
de frayeur; mais bientôt l'impossibilité
de se mettre à l'abri du péril lui rendit
le courage, ou du moins la résignation
du désespoir. Il avançait lentement, et
se livrait à des réflexions morales sur la
fragilité des grandeurs humaines, quand
son attention fut captivée à la vue de
deux personnes portant le corps d'une
fille, jeune et en apparence fort belle,
que la foudre venait de frapper. Stanton s'approcha, et il entendit les porteurs répéter : « Il n'y a personne pour
la pleurer ! Il n'y a personne pour la
pleurer ! » Bientôt parurent deux autres
individus , portant aussi un cadavre

noir et défiguré : c'était celui d'un jeune homme. Le même coup qui avait frappé l'amante avait fait périr son amant, tandis qu'il la couvrait de son corps.

Comme on allait éloigner les deux cadavres, un homme s'approcha d'un pas tranquille, et avec une physionomie impassible ; on eût dit qu'aucun danger ne pouvait l'atteindre, et que la crainte lui était étrangère. Après avoir considéré pendant quelque temps le spectacle qui s'offrait à lui, il fit un éclat de rire bruyant, bizarre, prolongé, et les paysans, aussi effrayés de ce bruit que de celui du tonnerre, s'empressèrent de se retirer avec leur triste fardeau.

Les craintes de Stanton cédèrent à

son étonnement ; et se tournant vers
l'étranger qui restait fixé à la même
place, il lui demanda le motif qui l'avait porté à outrager ainsi l'humanité.
L'étranger retourna lentement la tête,
et avec un regard qui...... (Ici, le manuscrit présentait quelques lignes illisibles.) il lui dit en anglais..... (Ici
se trouvait une grande lacune, et le
premier passage lisible qui suivait,
quoiqu'appartenant à la même narration, n'était qu'un fragment.)........
...... L'effroi que Stanton avait éprouvé
pendant cette nuit lui donnait de l'opiniâtreté ; il était résolu de parvenir à
ses fins ; ni la voix aigre de la vieille
femme qui répétait : « Point d'hérétique !.... point d'Anglais ! que la sainte

mère de Dieu nous protège ! *apage, Satana,»* ni le bruit du volet qui remplace les carreaux dans tout le royaume de Valence, et que la vieille referma promptement à la vue des éclairs, ne purent l'engager à cesser ses instantes sollicitations pour qu'on l'admît dans la maison. Il pensait que dans une nuit aussi affreuse, tous les sentimens de prévention religieuse ou nationale devaient céder à l'adoration de l'Etre suprême, qui tient la foudre dans ses mains, et à la pitié pour ceux qui y sont exposés; mais il ne tarda pas à découvrir que les exclamations de la vieille femme n'étaient pas causées par la seule dévotion, et qu'il s'y joignait une horreur personnelle pour les An-

I. 8

glais. Cette découverte ne diminua
pourtant pas son désir de . . . . .
. . . .
La maison était spacieuse et belle, mais
elle avait un air triste et désert. . . . .
. . . . Il y avait des bancs autour des murs, mais personne ne s'y
asseyait; les tables étaient dressées dans
la pièce qui avait autrefois servi de
salle de festin; mais depuis bien des
années personne n'y mangeait plus. La
cloche sonnait l'heure, et ni le bruit
des travaux, ni les acclamations de la
joie n'en venaient étouffer le son. Les
portraits de famille qui tapissaient les
lambris donnaient seuls un air de vie à
l'habitation; encore leurs cadres usés et
noircis semblaient-ils dire : Il n'y a per-

sonne pour nous contempler. Les pas
de Stanton et de son guide résonnaient
seuls sous les voûtes, en se mêlant au
tonnerre qui roulait encore dans le
lointain.

Comme ils avançaient, ils enten-
dirent un cri perçant. Stanton s'arrêta,
se rappelant tout à coup les dangers
auxquels les voyageurs sont souvent
exposés dans des habitations éloignées
et désertes.

« Ne faites pas attention à cela, » dit
la vieille femme qui continuait à l'é-
clairer avec une misérable lampe, « ce
n'est que *lui*. . . . .
. . . .

La vieille femme s'étant enfin convaincue que son hôte anglais n'avait ni

cornes, ni pied fourchu, ni queue;
qu'il pouvait supporter le signe de la
croix sans changer de forme, et que sa
bouche n'exhalait point le soufre quand
il parlait, elle prit courage, et commença en ces mots sa narration, que
Stanton, tout fatigué et mal à l'aise
qu'il était. . . . .
. . . . « Tous les obstacles étaient enfin
surmontés. Les parens et les amis ne
s'opposaient plus au mariage, et les
jeunes gens venaient d'être unis. Jamais
couple plus aimable n'avait paru devant
les autels : on eût dit deux anges qui
ne faisaient qu'anticiper de quelques
années leur union céleste et éternelle.
Les noces furent célébrées avec beaucoup de pompe, et peu de jours après,

on donna une grande fête dans cette
même salle boisée où vous avez passé,
et dont l'aspect vous a paru si triste.
Ce jour-là, on y avait tendu une riche
tapisserie représentant les exploits du
Cid. Les figures étaient si bien travail-
lées, qu'on les eût cru vivantes. A l'ex-
trémité supérieure de la salle, et sous
un magnifique dais, était assise la
jeune épouse, dona Inès, à côté de
sa mère, dona Isabelle de Cardoza,
l'une et l'autre sur de riches almo-
hada. Le marié était en face, et quoiqu'ils ne se parlassent pas, leurs regards furtifs, leurs regards qui rougis-
saient, s'il est permis de s'exprimer
ainsi, se communiquaient mutuellement le délicieux secret de leur bon-

heur. Don Pèdre de Cardoza avait ras-
semblé une société nombreuse pour
célébrer le mariage de sa fille. Parmi
les convives se trouvait un voyageur
anglais, nommé Melmoth. Personne
ne savait comment il y était venu.
Comme les autres, il gardait le silence
pendant que les domestiques présen-
taient à la société des oublies sucrées et
des glaces. La nuit était excessivement
chaude, et la lune brillant presque de
l'éclat du soleil, répandait sa lumière
blanche sur les ruines de Sagonte. Les
rideaux brodés n'étaient agités que d'un
mouvement lourd et lent, comme si le
vent eût fait de vains efforts pour les
soulever. »

(Une nouvelle lacune, peu consi-

dérable à la vérité, se trouvait encore
ici dans le manuscrit)'.

. . . .

« Les convives se promenaient dis-
persés dans les diverses allées du jardin. Les mariés en parcouraient une
où se mêlaient les délicieux parfums
des myrtes et des orangers. En ren-
trant au salon, ils demandèrent tous
deux si personne n'avait entendu les
sons presque divins qui avaient retenti
dans les bosquets. Aucune oreille n'en
avait été frappée. Ils exprimèrent leur
surprise. L'Anglais seul qui n'avait pas
quitté la salle du banquet, sourit, à ce
que l'on assure, d'une manière tout-à-
fait étrange. On avait déjà remarqué son
silence, mais on l'avait attribué à son

ignorance de la langue espagnole, ignorance dont ses hôtes n'avaient aucune
envie de s'assurer en lui adressant la
parole. Il ne fut plus question de la
musique jusqu'à ce que les convives se
furent placés à table. Pour lors dona
Inès et son jeune époux, se souriant
mutuellement avec une joie mêlée de
surprise, déclarèrent qu'ils l'enten-
daient encore. Les sons semblaient flotter dans les airs. Les convives écoutè-
rent, mais ne purent les distinguer.
Tout le monde sentait qu'il y avait
quelque chose d'extraordinaire dans
cette circonstance. Chut ! s'écriait-on
de toutes parts. Un profond silence
s'ensuivait, et aux regards fixes des
assistans, on eût dit qu'ils écoutaient

avec les yeux. Ce silence opposé à la splendeur de la fête et à l'éclat des lumières, produisait un effet singulier et même effrayant. Il fut interrompu, quoique la cause n'en eût pas encore cessé, par l'entrée du père Olavida, confesseur de donna Isabelle, qui avait été retenu par les derniers devoirs qu'il venait de rendre à un mourant.

Ce père passait dans toute la contrée pour mener une vie d'une sainteté exemplaire. Il était généralement respecté et chéri, surtout dans la famille de Cardoza. La cérémonie qu'il venait de remplir avait laissé sur sa physionomie une trace de mélancolie qui se dissipa à mesure qu'il se mêlait dans la société. On lui fit place à table et il se trouva assis précisément

I.   9

en face de l'Anglais. Quand on lui présenta du vin, il voulut faire une petite
prière intérieure avant de le boire; mais
il hésita, sa main tremblait; il posa le
verre, et essuya avec la manche de sa
robe les grosses gouttes de sueur qui
lui découlaient du front.

Donna Isabelle, s'imaginant que le
vin n'était pas de son goût, dit à l'un
des domestiques de lui en servir d'une
autre espèce. Il fit pour lors un mouvement des lèvres, comme s'il eût voulu
prononcer une bénédiction sur l'assem-
blée; mais cet effort fut encore inutile,
et l'altération de ses traits devint visible aux yeux de tout le monde. Olavida
s'aperçut lui-même de la sensation
qu'occasionait son étrange conduite, et

e

il tenta de nouveau d'approcher la coupe
de ses lèvres. On l'examinait avec tant
d'attention, que quoique la salle fût
remplie de monde, on entendit distinctement le frôlement de sa robe. Il lui
fut toujours impossible de boire. Les
convives gardaient le silence de l'étonnement; ils restaient à leur place : le
père Olavida seul était debout; mais au
même instant, l'Anglais se leva aussi,
et, fixant ses yeux sur ceux de l'ecclésiastique, il parut vouloir fasciner en
quelque sorte ses esprits. Olavida sentit ses forces lui manquer; il chan-
celait, et, saisissant le bras d'un page,
il ferma les yeux comme pour éviter
le regard de l'étranger; regard dont
l'éclat extraordinaire avait d'ailleurs

frappé toute la société, et il s'écria :
« Qui est parmi nous ? — Qui ? —
Je ne saurais prier en sa présence, —
La terre qu'il foule est desséchée ! —
L'air qu'il respire est du feu ! — Les
mets qu'il touche se convertissent en
poison ! — Son regard est un trait de
foudre ! — *Qui est parmi nous ?* —
Qui ? » répéta le prêtre avec une souffrance qui était visible dans tous ses
mouvemens : son capuchon rejeté en
arrière laissait voir son front presque
chauve, sur lequel de rares cheveux
blancs se soulevaient d'effroi, tandis
que ses bras sortaient de ses manches
pour s'étendre vers le terrible étranger.
Pendant ce temps, l'Anglais se tenait
vis-à-vis de lui dans la position la plus

calme. Il y avait dans les attitudes de
ceux qui les entouraient une irrégula-
rité fortement contrastée avec la position sévère des deux adversaires, qui
continuaient à se regarder en silence.

« Qui le connaît ? » s'écria Olavida,
comme s'il fût sorti d'un état d'extase,
« qui le connaît ? qui l'a conduit ici ? »

Tous les convives déclarèrent qu'ils
ne connaissaient point l'Anglais, et se
demandèrent mutuellement à l'oreille
quel était celui qui l'avait amené. Le
père Olavida montrant pour lors du
doigt chaque individu de la société,
leur demanda l'un après l'autre s'ils le
connaissaient. « Non ! non ! non ! » fut
là réponse qu'ils firent unanimement et
d'un trop emphatique.

« Moi, je le connais; » dit Olavida;
« je le connais à cette sueur glacée; »
et il essuya son front; « à ces membres
en convulsion, » et il s'efforça vainement de faire le signe de la croix; puis,
élevant la voix, il voulut prononcer les
mots sacramentels de l'exorcisme; mais
il ne put y parvenir. La rage, la haine
et la frayeur avec lesquelles il regardait
l'étranger devinrent de plus en plus
marquées sur sa physionomie : elle
avait une expression terrible. Tous les
convives se levèrent, et s'étant grou-
pés, ne cessèrent de se demander :
« Qui donc est-il ? » Bientôt leur
terreur fut au comble, quand ils vi-
rent Olavida, à l'instant même où il
montrait l'Anglais au doigt, tomber

Sans mouvement..... Il n'était plus.

. . . .

Le corps fut transporté dans une autre pièce, et l'on ne s'aperçut du départ de l'Anglais que quand la société rentra dans la salle du festin. Elle veilla long-temps, et la conversation roula sur l'événement tragique et singulier dont elle avait été témoin. Tout à coup des cris d'horreur et de souffrance partirent de la chambre nuptiale où les mariés s'étaient retirés.

Tous les amis coururent à la porte : le père était à leur tête; il entra le premier, et vit le jeune époux soutenant dans ses bras son épouse qui venait d'expirer.

. . . .

Il ne recouvra jamais la raison. La famille abandonna le lieu marqué par tant de malheurs. L'infortuné dont l'esprit est aliéné en occupe seul un appartement, et ce sont ses cris que vous avez entendus en traversant les salles abandonnées. Il garde ordinairement le silence dans le cours de la journée; mais vers minuit, il s'écrie à plusieurs reprises, d'une voix horriblement perçante : « Ils viennent! ils viennent! » après quoi il retombe dans un profond silence.

Une circonstance extraordinaire arriva aux funérailles du père Olavida. On l'enterra dans un couvent voisin, et sa réputation de sainteté, jointe à l'intérêt causé par sa mort étrange, réunit une grande foule de monde à la cérémonie. Un religieux d'une éloquence reconnue, fut choisi pour prononcer son oraison funèbre. Après avoir passé en revue toutes les vertus du défunt, il s'écria : « Oh Dieu! pourquoi nous l'avez-vous enlevé? » Tout à coup une voix rauque répondit : « Parce qu'il a mérité son sort. » Cette réponse ne fut entendue que des personnes placées le plus près de celui qui avait parlé. L'orateur continua : « Serviteur de Dieu, quelle fut la cause de ta mort? » — « L'orgueil, la présomption et la crainte! » reprit la même voix avec un accent plus effrayant encore. Le trouble devint alors général : le prédicateur cessa de parler, et un cercle s'étant

ouvert parmi les assistans, on découvrit au milieu d'eux un religieux du
couvent.

. . . .

Après avoir épuisé tous les moyens
usités, des promesses, des exhortations,
des reproches, l'évêque étant venu en
personne visiter le couvent, dans l'espoir d'obtenir quelque éclaircissement
de la part de ce moine réfractaire, il fut
décidé, dans un chapitre extraordinaire, qu'on le livrerait au pouvoir de
l'Inquisition. Il témoigna une grande
horreur quand on lui eut signifié cette
résolution, et il offrit de raconter en
détail tout ce qu'il *pouvait* dire sur les
causes de la mort du père Olavida : son
humiliation était trop tardive. Il fut

transféré dans les prisons du Saint-Office. Les procédures de ce tribunal ne sont presque jamais publiées ; mais il court un rapport secret de ce qu'il y a dit et souffert, rapport dont je ne puis cependant pas attester l'authenticité. Lors de son premier interrogatoire, il promit, dit-on, de faire autant de révélations qu'il *pourrait*. On lui répondit que cela ne suffisait pas ; qu'il devait dire tout ce qu'il savait.

« Pourquoi marquâtes - vous tant d'horreur aux funérailles du père Olavida ? »

— « Tout le monde témoigna de l'horreur et de l'affliction à la mort de ce vénérable ecclésiastique. »

— « Pourquoi interrompîtes - vous

l'orateur par de si étranges exclamations ? »

Point de réponse.

« Pourquoi ne voulez-vous pas expliquer le sens de ces exclamations ? »

Point de réponse.

« Pourquoi persistez-vous dans ce
silence opiniâtre et dangereux, et pourquoi ne voulez-vous pas dire ce que
vous savez au sujet de la mort du père
Olavida ? »

— « Je vous ai déjà dit que je croyais
qu'il avait péri par suite de son orgueil
et de sa présomption. »

— « Quelles preuves pouvez-vous en
donner ? »

— « Il a cherché à connaître un secret caché à l'homme. »

— « Quel est ce secret ? »

Point de réponse.

— « Le possédez-vous, ce secret ? »

Le prisonnier, après avoir montré beaucoup d'agitation, répond distinctement, mais d'une voix affaiblie : « Mon maître me défend de le dévoiler. »

— « Si votre maître était Jésus-Christ, croyez-vous qu'il vous défendît d'obéir aux commandemens ou de répondre aux questions de l'Inquisition ? »

— « Je n'en sais rien. »

Cette réponse occasiona un cri général d'horreur. L'interrogatoire continue.

« Si vous croyiez Olavida coupable de recherches ou d'études condamnées

par l'Eglise, pourquoi ne l'avez-vous
pas dénoncé à l'Inquisition ? »

— « Parce que je n'ai pas pensé que
ces études pussent lui faire tort. Son
esprit était trop faible; il a succombé
dans la lutte. »

Le prisonnier prononça ces derniers
mots avec une emphase particulière.

— « Vous pensez donc qu'il faut une
grande force d'esprit pour tenir ces abo-
minables secrets, quand on est inter-
rogé sur leur nature et leur tendance? »

— « Non ; c'est plutôt de la force
physique qu'il faut. »

« C'est ce que nous allons voir tout-à-
l'heure, » dit un des inquisiteurs en
donnant le signal pour que l'on prépa-
rât les instrumens de la torture.

. . . .

Le prisonnier supporta les deux premières épreuves avec un courage inflexible; mais quand on en vint à la torture de l'eau, qui est réellement insupportable, il saisit un intervalle de relâche, pour dire qu'il était prêt à tout révéler. Aussitôt on le délivra, on le rafraîchit, on le restaura, et le lendemain, il fit la confession extraordinaire que vous allez entendre. . . . .

(Ici une grande lacune dans le manuscrit.)

L'Espagnole avoua de plus à Stanton que. . . . . et que l'Anglais avait bien certainement été vu depuis dans le voisinage : on l'avait entrevu, disait-on, cette nuit même.

« Juste ciel! » s'écria Stanton. Il se rappelait l'étranger dont le rire satirique l'avait fait frissonner pendant qu'il considérait les corps des deux amans frappés de la foudre.

————

CHAPITRE IV.

APRÈS quelques pages effacées ou illisibles, le manuscrit devint plus distinct, et Melmoth continua à lire, sans néanmoins se rendre compte de ce que cette histoire pouvait avoir de commun avec son ancêtre, qu'il reconnut pourtant sous le titre de l'*Anglais*. La suite diminua son étonnement, en ajoutant à sa curiosité. Il paraît que Stanton était venu en Angleterre; voici comment s'exprimait à ce sujet le manuscrit:

. . . .

I. 10

Vers l'année 1677, Stanton était à
Londres; son esprit, toujours occupé
de son mystérieux compatriote. Les
méditations continuelles auxquelles il
se livrait avaient singulièrement changé
sa personne; sa marche était celle que
Salluste prête à Catilina; son œil était
celui d'un conspirateur. Tantôt il se
disait : « Oh! si je pouvais retrouver
cet être que je n'ose appeler un homme! » L'instant d'après il ajoutait : « Et
quand je le retrouverais ! »

On s'étonnera peut-être que son âme
étant dans une pareille situation, il
pût trouver du plaisir à suivre cons-
tamment les amusemens publics. Mais
il faut se rappeler que quand une forte
passion nous dévore, nous sentons plus

que jamais la nécessité de quelque exci-
tant hors de nous-mêmes. Le besoin
que nous avons du monde pour en
obtenir un soulagement passager, aug-
mente dans une proportion directe de
notre mépris pour ce monde et pour ses
œuvres.

Stanton fréquentait donc les spectacles, qui, à cette époque, étaient faits
pour fermer la bouche à tous ceux qui
déclament follement contre la dépra-
vation progressive des mœurs. Le vice
se rencontre toujours à peu près dans
la même proportion. Les seules choses
qui changent d'une façon remarquable
sont les coutumes, et à cet égard nous
avons incontestablement l'avantage sur
nos ancêtres. L'hypocrisie est, dit-on,

un hommage que le vice offre à la vertu;
la décence est l'expression de cet hommage ; et si cela est vrai, nous devons
avouer que le vice est devenu bien
humble depuis quelque temps. Sous le
règne de Charles II, il avait de l'os-
tentation, de la splendeur, il ne cherchait point à se cacher. Il suffit de
prendre les spectacles pour exemples.

A la porte de la salle on voyait, d'un
côté, les domestiques d'un seigneur de
la cour, cachant des armes sous leurs
manteaux, et prêts à enlever une actrice
célèbre au moment où elle entrerait
dans sa chaise à porteurs pour retourner chez elle (1), et de l'autre le remise

_____

(1) Historique.

d'une femme aux grands airs, dans lequel la maîtresse attendait l'acteur à la mode, pour aller faire après le spectacle le tour du parc avec lui (1). Les loges étaient remplies de femmes mises avec peu de décence, et qui, quoiqu'elles eussent envoyé d'avance leurs maris ou leurs frères pour savoir si la pièce n'était pas trop grossière pour leur permettre d'y assister, étaient cependant souvent obligées de se cacher la figure de leurs larges éventails. Derrière ces dames on voyait deux espèces d'hommes. Les uns étaient connus sous le nom d'hommes d'esprit et de plaisir. On les reconnaissait à leurs larges crâ-

_____

(1) Historique.

vattes de dentelle de Flandre, barbouil-
lées de tabac, aux bagues de diamans
dont leurs doigts étaient ornés, à leurs
grandes perruques mal peignées, enfin
à leur voix haute et insolente; les autres, qui étaient les chevaliers servans
des dames, portaient des gants garnis
de franges, parlaient du ton le plus
mielleux, et traitaient les femmes tantôt en déesses, tantôt en prostituées.

Il est inutile de peindre le parterre
et les galeries composées à peu près
des mêmes élémens que de nos jours.
Stanton regardait tout sans prendre
intérêt à rien.

Un jour il était allé voir représenter
la tragédie d'Alexandre. Il s'y trouvait
assez d'absurdités pour exciter l'humeur

d'un spectateur savant ou même seulement raisonnable. Il y avait des héros
grecs avec des rosettes à leurs souliers,
des plumes à leurs chapeaux, et des
perruques qui leur descendaient jusqu'aux hanches; il y avait aussi des
princesses perses en grands corsets et
en cheveux poudrés. Mais il y avait un
point sur lequel du moins l'illusion de
la scène était complète; car les héroïnes
étaient rivales dans le monde comme
sur le théâtre. L'actrice qui jouait
Roxane avait eu avec celle qui repré-
sentait Statira, une querelle très-vive
le soir même au foyer. Roxane étouffa
sa colère jusqu'au cinquième acte,
quand au moment de poignarder Statira, elle lui porta un coup qui perça

son corset et lui fit une blessure profonde, quoique peu dangereuse (1).
Statira s'évanouit, la représentation
fut interrompue, et dans la rumeur
que cet incident occasiona, tous les
spectateurs se levèrent. Stanton était
du nombre. Ce fut dans ce moment
qu'il aperçut sur un banc du parterre
et non loin de lui, l'objet de sa recherche, l'Anglais qu'il avait rencontré
dans les plaines de Valence, et qu'il
croyait être le même dont parlait la
narration extraordinaire qu'on lui avait
faite dans ce pays.

Il était debout; il n'y avait rien de
remarquable dans son extérieur, mais

_____

(1) Historique.

l'expression de ses yeux était telle qu'on ne pouvait s'y méprendre ou l'oublier. Le cœur de Stanton palpita avec violence, un nuage couvrit ses yeux; il éprouvait un malaise universel et inexplicable, accompagné d'une sueur froide qui découlait de tous ses pores; tout enfin annonçait que. . . . . Avant qu'il se fut entièrement remis, une musique douce, solennelle, délicieuse, se fit entendre autour de lui, et se renforça graduellement, au point qu'elle semblait remplir toute la salle. Surpris, enchanté, il demande aux personnes qui l'entouraient d'où pouvaient provenir ces sons divins. Les réponses qu'il reçut lui démontrèrent qu'on croyait son esprit égaré, et cette

I.   11

supposition était assez naturelle, vu le changement qui s'était opéré dans sa manière d'être. Il se rappela pour lors ce qu'on lui avait dit en Espagne des sons harmonieux que les jeunes époux avaient entendus la nuit même de leur mort. « Suis-je donc destiné à être à mon tour la victime ? » se dit intérieurement Stanton, « et cette musique céleste qui semble nous préparer au séjour du bonheur éternel n'a-t-elle donc pour but que de nous annoncer la présence d'un démon incarné qui se rit des âmes pieuses ; et, en les entourant de sons divins, les destine aux flammes de l'enfer ? » Il est assez singulier que dans le moment où son imagination était parvenue à la plus grande

exaltation, où l'objet qu'il poursuivait
depuis si long-temps en vain se trouvait
pour ainsi dire à sa disposition, où cet
esprit, contre lequel il avait lutté dans
les ténèbres, était sur le point de décla-
rer son nom, il est singulier, disons-
nous, qu'alors même Stanton commença à sentir en quelque sorte la fu-
tilité de ses recherches. Le sentiment
qui avait occupé son âme si constam-
ment, qu'il était enfin devenu pour lui
une espèce de devoir, ne lui paraissait
plus qu'une vaine curiosité; mais y a-t-
il une passion plus insatiable, et qui
sache mieux donner à tous ses désirs,
à toutes ses bizarreries, une sorte de
grandeur romanesque ? La curiosité
ressemble à quelques égards à l'amour,

qui fait toujours capituler l'objet avec
le sentiment : pourvu que celui-ci ait
une énergie suffisante, il importe peu
que l'autre soit nul ou méprisable. Un
enfant aurait pu sourire à l'émotion que
Stanton témoignait à la vue acciden-
telle d'un étranger ; mais un homme,
livré à toute la force de ses passions,
n'aurait pu considérer sans frémir l'agitation affreuse qu'il déployait en voyant
approcher avec une promptitude soudaine et irrésistible la crise de sa destinée.

Quand le spectacle fut terminé, Stanton resta pendant quelques instants dans
les rues devenues désertes. Il faisait un
beau clair de lune, et il vit distinctement devant lui une personne dont

l'ombre se projetait en travers de la rue, et qui lui parut d'une taille gigantesque. Il était depuis si long-temps accoutumé à combattre les fantômes de son imagination, qu'il avait fini par prendre une espèce de plaisir opiniâtre à les vaincre. Il s'approcha de l'objet qui frappait sa vue, et ne tarda pas à découvrir que l'ombre seule s'était allongée : ce personnage était un homme d'une taille ordinaire, et dans lequel Stanton reconnut l'être mystérieux qu'il cherchait : celui qu'il avait vu un instant à Valence, et qu'après quatre ans, il avait enfin retrouvé au spectacle. . . .

. . . .

— « Vous me cherchiez ? »

— « Je l'avoue. »

— « Avez-vous quelques questions à me faire ? »

— « Beaucoup. »

— « Parlez. »

— « Le lieu n'est pas convenable. »

— « Que dites-vous ? Ignorez-vous que je suis indépendant des temps et des lieux ? Parlez, si vous avez quelque chose à demander ou à apprendre. »

— « J'ai bien des choses à demander, mais rien, du moins je l'espère, à apprendre de vous. »

— « Vous êtes dans l'erreur ; mais vous serez détrompé la première fois que nous nous reverrons. »

— « Quand cela sera-t-il ? » s'écria Stanton en lui saisissant le bras « nommez votre heure et votre lieu. »

L'étranger, avec un sourire affreux et incompréhensible, répondit : « L'heure sera celle de minuit, et le lieu.... les murs dépouillés d'un hospice d'aliénés, où, en secouant vos chaînes, vous vous leverez de votre couche de paille pour me recevoir. Et malgré cela, vous jouirez, pour votre malédiction, *d'une santé parfaite*, et de toute l'intégrité de votre mémoire. Jusqu'à ce moment, ma voix résonnera sans cesse dans votre oreille, et chaque objet, vivant ou inanimé, réfléchira pour vous l'éclat de mes yeux. »

« Ce sont donc là les circonstances horribles au milieu desquelles nous devons nous réunir ? » dit Stanton en se cachant les yeux pour ne pas rencontrer

I.   *

les flammes que lançaient ceux de l'étranger.

« Jamais, » reprit celui-ci avec beaucoup de gravité, « *jamais je n'abandonne mes amis dans le malheur*. Quand ils sont plongés dans le plus profond abîme des calamités humaines, *ils sont sûrs de recevoir ma visite.* »

Ici le manuscrit offrait plusieurs pages, que le jeune Melmoth ne put déchiffrer. Quand l'écriture fut redevenue un peu plus nette, il retrouva Stanton quelques années après, dans la situation la plus déplorable. On lui avait toujours trouvé une tournure d'esprit un peu bizarre, ce qui, joint à ses discours perpétuels, au sujet de Melmoth, à ses courses pour le retrouver, à sa conduite étrange au théâtre et aux détails qu'il se plaisait à donner de leurs rencontres extraordinaires, détails dont il paraissait intimement convaincu, quoiqu'il ne pût faire partager à personne sa conviction, suggérèrent à quelques gens prudens l'idée que son esprit était dérangé. Il est probable que la méchanceté y eut presque autant de part que la prudence. La Rochefoucauld dit que nous éprouvons une sorte de plaisir dans le malheur de nos amis, et à plus forte raison dans celui de nos ennemis. Or, tout le monde étant l'ennemi d'un homme de génie, le bruit de la maladie de Stanton fut propagé

avec une adresse infernale et un trop
heureux succès.

Le plus proche parent de Stanton,
homme sans fortune et sans principes,
fut enchanté de ce qu'il apprenait. Un
matin, il vint le voir accompagné d'un
personnage dont l'extérieur était grave,
mais un peu repoussant. Stanton était,
comme à son ordinaire, inquiet et préoc-
cupé. Après quelques instans de conversation, on lui proposa une prome-
nade à la campagne, qui devait, disait-on, le rafraîchir et l'égayer. Stanton
observa qu'ils trouveraient difficilement
un fiacre, ces voitures étant rares à cette
époque, et voulut aller par eau. Ceci
ne cadrait pas avec les vues de son parent, qui feignit d'envoyer chercher une

voiture, tandis qu'il y en avait une qui
les attendait au coin de la rue. Stanton
et ses deux compagnons y montèrent.

La voiture s'arrêta devant une maison
située à environ deux milles de Londres.

« Venez, mon cousin, » dit le parent de Stanton, « venez voir une ac-
quisition que j'ai faite. »

Stanton, toujours distrait, le suivit et
traversa une petite cour pavée. L'autre
personnage marchait derrière.

« Pour ne pas mentir, mon cousin, »
dit Stanton, « votre choix me paraît
étrange, cette maison a une apparence
bien lugubre. »

« Soyez tranquille, mon cousin, »
reprit l'autre, « je ferai en sorte que

vous l'aimiez mieux quand vous y serez
resté quelque temps. »

Quelques domestiques mal vêtus et
à mines sinistres les attendaient à leur
arrivée; ils montèrent un escalier étroit
qui conduisait à une chambre chétive-
ment meublée.

« Attendez-moi ici, » dit le parent
de Stanton à l'homme qui les avait ac-
compagnés « pendant que je vais chercher de la société pour divertir mon
cousin dans sa solitude. »

Ils restèrent seuls ; Stanton ne fit
aucune attention à son compagnon,
mais, selon son usage, il saisit le premier livre qu'il trouva sous sa main,
et se mit à lire. C'était un manuscrit. On en rencontrait plus souvent

dans ce siècle-là que dans le nôtre.

Les premières lignes qui frappèrent
ses yeux indiquaient clairement la situation d'esprit de l'auteur. C'était un
grand faiseur de projets, et l'ouvrage
était un mémoire sur le moyen de rebâ-
tir la ville de Londres, après le grand
incendie, avec les pierres que l'on ferait enlever des monumens druidiques
du nord de l'Angleterre. Le manuscrit
était orné de plusieurs dessins grotes-
ques, et on lisait en marge ces mots,
« J'aurais fait ces dessins avec plus de
soin, mais on n'a pas voulu me donner
de canif pour tailler ma plume. »

Stanton posa le cahier, et en prit un
autre. Celui-ci paraissait avoir été
écrit par un fanatique, du temps de la

révolution. Ne rêvant que prosélytes,
il voulait que l'on convertît de force
l'ambassadeur turc, dans l'espoir qu'à
son retour à Constantinople, il en ferait
autant à tous les Musulmans. Entre les
pages, on voyait des découpures représentant ces ambassadeurs ; elles
étaient faites de la manière la plus in-
génieuse. Les cheveux et la barbe étaient
surtout d'une délicatesse extrême ; mais
le mémoire se terminait par l'expression
des regrets de l'écrivain, de ce qu'on
lui avait *ôté ses ciseaux*. Il se consolait
néanmoins en songeant que le soir il
saisirait au passage un rayon de la lune,
qu'il l'aiguiserait contre la ferrure de sa
porte, et qu'il ferait ensuite des découpures merveilleuses.

Stanton continuait sa lecture, et il était toujours si distrait, qu'il ne se doutait pas qu'il puisât dans la biblio-thèque d'un hôpital de fous; qu'il ne songeait point au danger qu'il courait. Au bout de quelque temps, cepen-dant, il regarde autour de lui, et il s'aperçut que son compagnon avait dis-paru. On n'avait pas alors de sonnettes. Il s'avança vers la porte; elle était fer-mée à clef. Il appela à haute voix. En un instant ses paroles furent répétées par plusieurs échos, mais avec des tons si sauvages, si discordans, qu'il recula saisi d'une horreur involontaire.

Le jour avançait, et personne n'en-trait chez lui. Il jeta pour lors ses re-gards sur la fenêtre; et, pour la pre-

mière fois, il vit qu'elle était grillée.
Elle donnait sur la petite cour pavée
où il n'y avait personne; hélas! quand
même il aurait entrevu quelqu'un des
habitans de la maison, il n'avait rien à
espérer d'eux.

Stanton sentit son cœur défaillir; il
s'assit auprès de cette misérable fenêtre, et attendit avec impatience le nouveau jour.

Vers minuit, il se réveilla d'un état
d'assoupissement, moitié sommeil,
moitié défaillance, que la dureté de
son siége et celle de la table contre laquelle il s'était appuyé, avait sans doute
contribué à prolonger.

L'obscurité était complète. L'horreur
de sa situation le frappa; et dans le pré-

mier moment il crut vraiment que son
esprit était égaré. Il s'approcha à tâtons
de la porte qu'il secoua de toutes ses
forces, en poussant les cris les plus
affreux, mêlés d'ordres et de reproches.
Les mêmes échos qu'il avait entendus
le matin répétèrent ses cris. Les fous
ont une malignité singulière, jointe à
une grande finesse d'ouïe qui leur fait
distinguer sur-le-champ la voix d'un
étranger. Les cris que Stanton entendait de toutes parts semblaient être des
réjouissances sauvages et infernales,
occasionées par l'arrivée d'un nouvel
habitant de cette demeure de l'in-
fortune.

Il s'arrêta, épuisé. Des pas bruyans
retentirent dans le corridor. La porte

I.   12

s'ouvrit, et un homme d'une physionomie dure se présenta devant lui. Il
distinguait de loin deux autres hommes
dans le passage.

« Délivrez-moi, scélérat! » s'écria
Stanton.

— « Tout doux, mon beau monsieur : pourquoi tout ce fracas? »

— « Où suis-je? »

— « Où vous devez être. »

— « Oserez-vous me retenir? »

— « Oui, et j'oserai faire davantage.»

A ces mots le rustre appliqua aux
épaules et au dos de Stanton de grands
coups d'étrivières qui le firent tomber
sur le carreau, avec des convulsions de
rage et de douleur.

« Vous voyez bien maintenant que

vous êtes où vous devez être, » ajouta
le manant en faisant un signe avec les
courroies qu'il tenait. « Prenez donc conseil d'un ami, et ne faites plus de bruit.
Les gens sont là avec les chaînes ; ils
les attacheront dans un clin d'œil, à
moins que vous ne préfériez auparavant
encore un petit régal de ma façon. »

Les deux hommes s'avancèrent effectivement, roulant des chaînes (on n'a-
vait pas encore inventé les camisoles),
et faisait mine de vouloir les attacher :
le bruit qu'elles faisaient sur le pavé glaça Stanton d'effroi ; mais cet effroi même
lui devint utile. Il eut assez de présence
d'esprit pour convenir qu'il était malade, et pour implorer l'indulgence de
son cruel gardien en promettant de se

soumettre désormais à ses ordres. Celui-ci se laissa apaiser et sortit.

Stanton rassembla tout son courage pour l'affreuse nuit qu'il avait à passer. Il prévoyait tout ce qu'il aurait à souffrir, et se prépara à le supporter. Après avoir long-temps délibéré, avec un esprit agité, sur la conduite qu'il devait tenir, il jugea que ce qu'il y avait de mieux à faire était de conserver la même apparence de soumission et de tranquillité, dans l'espoir qu'avec le temps il pourrait se rendre favorables les misérables dans les mains desquels il se trouvait, ou bien se procurer un peu plus de liberté, et trouver par là le moyen de faciliter un jour sa fuite. Quand il eut pris cette résolution, il frissonna en son-

geant que cette prudence n'était peut-
être que la malice ordinaire à une folie
commençante, ou le résultat des habitudes horribles du lieu où il se trouvait.

Il eut, dès la nuit même, l'occasion
de mettre sa résolution à l'épreuve. Ses
deux voisins ne lui laissèrent guère le
moyen de reposer : l'un était un tisserand puritain, qui était devenu fou à la
suite d'un seul sermon du célèbre Hu-
gues Peters. Pendant toute la journée,
il ne cessa de répéter les cinq points ; et
la nuit, ses visions devenant plus tristes,
il se mit à jurer et à blasphémer de la
manière la plus horrible. L'autre voisin
de Stanton était un tailleur royaliste qui
s'était ruiné en travaillant pour des *cava-*

liers, mais qui n'avait pas pour cela changé de sentimens politiques. Une dispute s'éleva entre les deux fous, dont nous épargnons les détails à nos lecteurs, et qui, au milieu de sa tristesse, fit de temps en temps sourire Stanton. En attendant, la voix du prédicateur ne tarda pas, comme de raison, à noyer celle de son antagoniste. Dans son délire il répétait les phrases les plus incohérentes : celle qui suit revenait le plus souvent : « Londres brûle, » s'écriait-il de toute la force de ses poumons ; « elle brûle, et les flammes ont été attirées par ses habitans ; ils sont presque papistes ; ils sont sectaires d'Arminius, ils seront tous damnés : Londres brûle, au feu ! au feu ! »

Quelque éclatante que fût la voix de ce fou, elle n'était point à comparer à celle qui, d'une autre cellule, répéta ses derniers cris avec un accent qui fit trembler la maison. Cette voix était celle d'une malheureuse femme qui, dans le grand incendie de 1666, avait perdu son époux, ses enfans, toutes ses ressources, et par suite sa raison. Le seul mot de feu ne manquait jamais de lui rappeler sur-le-champ toute l'énormité de sa perte. Les cris de son voisin l'avaient réveillée d'un sommeil inquiet, et elle se crut revenue à cette nuit horrible : c'était d'ailleurs le samedi, et l'on avait remarqué que ce soir-là son état paraissait toujours plus violent. Elle s'imaginait donc qu'elle faisait des efforts pour

échapper aux flammes, et elle joua toute
cette scène avec une fidélité si hideuse,
que Stanton se vit plusieurs fois au point
de rompre le silence qu'il s'était décidé
à garder.

L'infortunée s'écria d'abord que la
fumée la suffoquait, puis elle sauta de
son lit, demandant une lumière, et pa-
raissant frappée de l'éclat soudain qui
brillait à travers ses volets : « Le monde
va finir, le monde va finir ! » s'écria-
t-elle ; « Les cieux mêmes sont en feu. »
Le tisserand l'interrompit en disant :
« cela n'arrivera que quand l'homme
pécheur aura été détruit. Tu parles de
lumière et de feu, tandis que tu es dans
la plus profonde obscurité. Je te plains,
pauvre folle, je te plains. »

La malheureuse femme ne l'écoute pas ; elle imite l'action de monter un escalier, c'est celui qui conduit à la chambre de ses enfans; elle s'écrie qu'elle brûle, qu'elle étouffe. Son courage lui manque, elle s'éloigne. « Mais mes enfans sont là, » répète-t-elle avec un cri déchirant ; et faisant un nouvel effort pour y parvenir : « Me voici, me voici ; je viens vous sauver. Oh Dieu! ils sont entourés de flammes. Prenez ce bras. Non, pas celui-ci, il est brûlé et sans force. Prenez le premier venu. Saisissez mes vêtemens. O Ciel! ils brûlent aussi! Hé bien! attachez-vous à moi; quoique en feu je vous sauverai bien. Ah! leurs cheveux sifflent! De l'eau! une goutte d'eau pour mon dernier! Ce n'est qu'un

I.   13

enfant! Pour mon dernier et laissez-moi brûler! »

Elle fit une pause horrible, comme pour guetter la chute d'une solive enflammée qui menaçait l'escalier sur lequel elle se croyait placée. « Le toit est tombé sur ma tête, » dit-elle à la fin, et elle indiqua la destruction du lieu où elle se trouvait en faisant un saut accompagné d'un cri aigu, après quoi elle contempla avec le sang-froid du désespoir ses enfans qui, roulant par dessus les débris enflammés, tombaient l'un après l'autre dans le gouffre de feu. « Les voilà qu'ils tombent. Un. Deux. Trois. Tous! » et sa voix s'affaiblissant ne formait plus qu'une espèce de murmure sourd, tandis que ses convulsions s'étaient chan-

gées en légers frémissemens. Elle se
voyait, dans son imagination, seule, en
sûreté, mais au désespoir, parmi des
milliers d'infortunés privés comme elle
d'asile, et rassemblés le lendemain de
l'incendie dans les faubourgs de Londres, sans nourriture, sans vêtemens,
et contemplant de loin les ruines fu-
mantes de leurs demeures et de leurs
propriétés. Elle croyait entendre leurs
plaintes, en répétait même quelques-
unes d'une voix fort touchante; mais
elle n'avait qu'une seule réponse à ce
qu'on lui disait : « J'ai perdu tous mes
enfans; je les ai perdu tous! » C'est une
chose digne de remarque, que quand
cette femme commençait à parler, tous
les autres fous se taisaient : la voix de la

nature absorbait toutes les autres voix.
Elle était la seule dans l'hospice dont la
folie ne fût pas causée par la religion, la
politique, l'ivrognerie, ou quelque passion pervertie, et quelque effrayans
que fussent les accès de sa frénésie,
Stanton les attendait avec impatience,
parce qu'ils le soulageaient en quelque
manière des effets du délire vague, mé-
lancolique ou ridicule des autres.

Cependant, quoiqu'il fût d'un esprit
naturellement ferme, sa résolution ne
tint pas aux horreurs dont il était con-
tinuellement environné ; l'impression
qu'elles faisaient sur ses sens balancè-
rent bientôt le pouvoir de sa raison.
Ces cris affreux se répétaient toutes les
nuits, et toutes les nuits encore il en-

tendait avec effroi les coups de fouet au moyen desquels on s'efforçait de les apaiser. L'espoir même commença à l'abandonner quand il s'aperçut que la tranquille soumission, par laquelle il avait cru qu'il pourrait gagner la faveur de ses gardiens, n'était à leurs yeux qu'une espèce de folie particulière, ou bien une de ces malices raffinées qu'ils étaient accoutumés à rencontrer et à déconcerter.

Quand il eut découvert la position où il se trouvait, il pensa qu'il était surtout nécessaire de veiller sur sa santé et sur sa raison; puisque c'était d'elles seules qu'il pouvait attendre sa délivrance; mais à mesure que cet espoir s'affaiblissait, il négligeait les moyens même de

le réaliser. Dans les commencemens il
se levait de bonne heure, marchait con-
tinuellement dans sa cellule, et profi-
tait de toutes les occasions qu'il pouvait trouver pour jouir de l'air extérieur.
Il soignait aussi sa personne par rapport à la propreté, et, avec ou sans ap-
pétit, il avalait les tristes alimens qu'on
lui servait; il trouvait même quelque
plaisir à ces soins tant qu'ils furent dic-
tés par l'espérance. Peu à peu cependant
il s'y relâcha. Il passait la moitié de la
journée sur son misérable grabat, y pre-
nait souvent ses repas, refusait de se
faire faire la barbe ou de changer de
linge, et quand un rayon de soleil venait passer à travers les barreaux de sa
cellule solitaire, il se retournait sur sa

paille et se cachait les yeux pour ne pas l'apercevoir.

Jadis quand l'air pénétrait jusqu'à lui, il disait : « Doux zéphir ! un jour, de nouveau je te respirerai en liberté ! Réserve toute ta fraîcheur pour cette soirée délicieuse où je serai aussi libre que toi ! » Maintenant il sentait le zéphir et ne disait rien. Le gazouillement des oiseaux, le bruit de la pluie, le murmure du vent, ces sons qu'il écoutait autrefois avec ravissement, parce qu'ils lui rappelaient la nature, ne faisaient plus aucun effet sur lui.

Parfois il écoutait avec un morne et horrible plaisir les cris de ses misérables compagnons. Il devenait malpropre, nonchalant, engourdi, dégoûtant. . . . .

. . . .

Une nuit qu'il s'agitait tristement
dans son lit sans pouvoir y goûter le
repos, et sans oser le quitter de peur
de se sentir plus mal encore, il crut s'a-
percevoir que la faible lumière que ré-
pandaient les restes de son feu, était
obscurcie par un objet qui le cachait. Il
y tourna ses regards, sans curiosité,
sans intérêt, mais par le seul désir de
changer la monotonie de sa situation,
en observant les légers changemens que
le hasard pouvait occasioner dans la
sombre atmosphère de sa cellule, et il
vit l'image de Melmoth, telle qu'il l'a-
vait toujours vue. L'expression de sa
physionomie était la même, dure,

froide et sévère ; ses yeux avaient encore le même lustre infernal et éblouis-
sant.

La passion dominante de Stanton reprit soudain possession de son âme. Il
sentit que cette apparition était l'avant-
coureur d'une grande et terrible épreuve. Son cœur battait si fort qu'on pouvait en entendre les palpitations.

Melmoth s'approcha de lui avec ce
calme effrayant qui semble se rire de la
terreur qu'il excite.

« Ma prophétie s'est accomplie. Vous
vous levez de dessus votre paille et au
bruit de vos chaînes pour me recevoir.
Ne suis-je pas un prophète véridi-
que ? »

Stanton gardait le silence.

« Votre position n'est-elle pas très-misérable ? »

Stanton ne répondait pas davantage, il commençait à croire que ce qu'il voyait n'était que l'illusion d'un esprit égaré. Il se demandait à lui-même comment Melmoth avait pu pénétrer dans sa cellule.

« Ne voudriez-vous pas en être délivré ? »

Stanton s'agita sur sa paille, dont le bruit lui semblait devoir servir de réponse.

« J'ai le pouvoir de vous en délivrer. »

Melmoth parlait fort lentement et à voix basse, et la douce mélodie de ses

accens contrastait d'une manière effrayante avec l'impassible rigueur de
ses traits et l'infernale splendeur de ses
yeux.

« Qui êtes-vous et d'où venez-vous ? »
dit à la fin Stanton d'un ton qu'il aurait
voulu rendre interrogatif et impérieux,
mais qui, vu l'état où il était réduit,
n'était au contraire que faible et plain-
tif. Son esprit même avait été affecté
par la tristesse de son affreuse demeure.
Tel on raconte qu'un homme, après un
long emprisonnement, offrait toutes les
marques d'un véritable Albinos. Sa peau
était devenue blafarde, ses yeux étaient
blancs, et quand on les exposait à la
lumière, il s'en éloignait avec des
mouvemens qui étaient plutôt ceux d'un

enfant malade, que ceux d'un homme
à la force de l'âge.

Tel était à peu près l'état de Stanton.
Sa faiblesse était si grande que l'ennemi semblait devoir trouver une vic-
toire aisée à laquelle ni son esprit ni
son corps ne pourraient s'opposer.

. . . .

De leur horrible dialogue les mots
suivans étaient seuls lisibles dans le manuscrit.

« Vous me connaissez présentement. »

— « Je vous ai toujours connu. »

— « C'est faux. Vous croyiez me connaître, et c'est là la cause de tous les
. . . . désordonnés. . . . .
et des. . . . . et de ce que
vous avez enfin été placé dans cette ha-

bitation du malheur, où moi seul je suis
venu vous trouver, où moi seul je puis
vous secourir. »

— « Vous, démon ! »

— « Démon ! le mot est dur. Est-ce
un démon ou un homme qui vous a
placé ici ? Ecoutez-moi, Stanton. Ne
vous enveloppez pas dans cette misérable couverture ; elle ne saurait vous dé-
rober mes paroles. Croyez-moi, quand
vous seriez entouré de nuages portant la
foudre dans leurs flancs, vous seriez
encore obligé de *m'entendre !* Stanton,
songez à votre détresse. Cette cellule
dépouillée, qu'offre-t-elle à vos sens
ou à votre esprit ? Des murs blanchis,
barbouillés de charbon ou de craie
rouge, chefs-d'œuvre de l'imagination

de vos heureux prédécesseurs. Vous
avez, je le sais, du goût pour le dessin;
eh bien! vous vous perfectionnerez pendant votre séjour ici. J'aperçois des
barreaux à travers lesquels le soleil luit
sur vous comme une marâtre, et le
zéphir, pour votre tourment, semble
vous apporter les soupirs de la bouche
dont vous ne devez plus sentir les doux
baisers. Et vous, qui vous glorifiez de
vos connaissances, de vos voyages,
que sont devenus vos livres? Et vos
amis, que sont-ils devenus? Ici, vous
n'avez pour compagnons que des araignées et des rats. J'ai connu des pri-
sonniers qui étaient parvenus à les ap-
privoiser : pourquoi ne commenceriez-
vous pas votre tâche? Ils partageraient

vos repas. Qu'il est flatteur d'avoir des
insectes pour convives ! Si jamais vous
manquiez de vivres à leur donner, ils
dévoreraient l'Amphitryon... Vous fré-
missez ! Penseriez-vous donc être le
premier prisonnier qui aurait servi de
pâture vivante à la vermine qui infes-
tait sa cellule ? Mais je veux bien écarter ces tristes images ; je ne parlerai
plus de vos repas ni des leurs. Quels
sont vos amusemens dans les heures de
votre solitude ? D'un côté, les cris de
la famine ; de l'autre, les hurlemens de
la démence, auxquels se joignent les
claquemens du fouet du gardien, et
les sanglots de ceux dont la folie n'est
pas plus réelle que la vôtre, ou qui
du moins ne l'est devenue que par

les crimes de leurs semblables. Pensez-
vous, Stanton, que votre raison puisse
supporter de pareilles scènes? Ou si
votre raison les supporte, votre santé y
résistera-t-elle? Je consens encore à
supposer qu'elle n'y succombe pas, jugez
seulement de l'effet qu'elles finiraient
par avoir sur vos sens. Un temps viendra où, par la seule habitude, vous
répéterez les cris de chacun des malheureux qui vous entourent; et puis, posant la main sur votre tête brûlante,
vous vous demanderez si ce n'est pas
vous qui avez crié le premier. Un temps
viendra où, par ennui, vous éprouve-
rez autant de désir d'entendre ces cris
qu'ils vous inspirent aujourd'hui d'horreur; vous guetterez le délire de votre

voisin, comme vous feriez une représentation théâtrale. Tout sentiment
d'humanité sera éteint en vous : les fu-
reurs de ces misérables seront à la fois
pour vous une torture et un divertisse-
ment. L'âme a le pouvoir de s'accom-
moder à sa position, et vous l'éprou-
verez dans toute son étendue. Il me
reste encore à vous parler des doutes
que vous ressentirez sur l'état de votre
raison, doutes affreux qui bientôt se
convertiront en craintes, et ces craintes en certitude. Peut-être, pour comble d'horreur, au lieu de crainte, sera-
ce un exécrable espoir. Loin de toute
société, entouré d'êtres dont les idées
ne sont que les fantômes hideux de
leur raison égarée, vous désirerez d'ê-

I. 14

tre semblable à eux, pour échapper à
l'horrible conscience de votre misère. Quand vous les entendrez rire
au sein de leurs plus terribles accès, vous
vous direz : Sans doute ces misérables
éprouvent quelques consolations, tandis que je n'en ai aucune. Ma santé
comble mon malheur dans ces horribles lieux. Ils dévorent avidement leurs
mets grossiers, que je ne touche qu'a-
vec répugnance. Ils dorment parfois
profondément, et mon repos est pire
que leurs veilles. J'éprouve tous leurs
maux ; je n'ai aucun de leurs soulage-
miens. Ils rient, je l'entends ; que ne
puis-je rire comme eux! Alors vous
essayerez d'imiter leur folle joie, et
cette tentative sera comme une invoca-

tion au démon de la folie, pour qu'il vienne dès ce moment prendre à jamais possession de votre esprit. »

Melmoth fit usage d'une foule d'autres menaces et tentatives trop horribles pour être insérées ici. Il y en avait dans le nombre qui n'étaient rien moins que d'exécrables blasphêmes. Stanton écoutait en frémissant. Voici quelle fut la péroraison de ce discours vraiment diabolique :

« Sauvez - vous, sauvez - vous pour toujours; rentrez dans la vie; recouvrez la liberté et la santé. Votre bonheur social, la force de votre raison, vos intérêts immortels, peut-être, dépendent du choix que vous allez faire dans ce moment. Voilà la porte, la clef est

dans mes mains : choisissez, choisissez. »

« Et comment cette clef se trouve-
t-elle dans vos mains, et quelle est la
condition de ma délivrance ? » demanda
Stanton.

. . . .

L'explication remplissait plusieurs
pages du manuscrit, qui, au grand
regret du jeune Melmoth, étaient abso-
lument illisibles. Il comprit néanmoins
que la proposition avait été rejetée par
Stanton avec colère et horreur, car il
distingua les mots suivans : « Eloigne-
toi, monstre ! démon ! Retourne dans
ta patrie. Ces murs eux-mêmes frémis-
sent de ta présence; ce pavé ne supporte
pas que tu le foules ! . . . . .

. . . .

La fin de ce manuscrit extraordinaire était dans un tel état de vétusté,
que, sur quinze pages, Melmoth put à
peine déchiffrer quinze lignes, quoiqu'il
y mît autant de soin qu'un antiquaire
qui cherche à déployer un rouleau
trouvé dans les ruines d'Herculanum.
Ce qu'il en lut ne servit qu'à exciter au
lieu d'apaiser sa curiosité. Il n'était
plus question de Melmoth : on y voyait
seulement que Stanton finit par sortir
de sa funeste prison ; qu'il ne cessa de
poursuivre l'être mystérieux qui faisait
le tourment de sa vie. Il visita de nouveau le continent, revint en Angleterre :
ses courses, ses demandes, son or, tout
fut inutile. Il était destiné à ne plus revoir,

pendant sa vie, l'être qu'il avait rencontré trois fois dans des circonstances
si étranges. A la fin cependant, il découvrit qu'il était né en Irlande, et il
résolut en conséquence d'y passer ; mais
ses recherches dans ce royaume ne furent pas plus heureuses. La famille de
Melmoth ne savait rien, ou du moins
ne voulut rien communiquer à un étranger de ce qui le regardait, et Stanton
repartit sans avoir réussi. Ce qu'il y a
de plus remarquable, c'est qu'il paraissait, par certains passages, à demi-effa-
cés du manuscrit, que Stanton ne fit
jamais part à personne des détails de
leur conversation dans l'hospice des
aliénés, et que, dès que l'on y faisait la
plus légère allusion, il tombait dans des

accès de colère et de tristesse aussi sin-
guliers qu'effrayans. Quoi qu'il en soit,
il laissa son manuscrit dans les mains
de la famille de Melmoth, dans l'idée
peut-être que si l'ignorance de ses parens n'était pas feinte, eux ou leurs
descendans seraient bien aises un jour
d'apprendre le peu de détails qu'il
était en état de leur donner sur son
compte. Le manuscrit se terminait par
ces mots :

« Je l'ai cherché partout. Le désir
de le revoir encore une fois est devenu comme un feu qui me consume :
c'est une condition nécessaire à mon
existence. J'ai vainement visité l'Irlande, où l'on m'a dit qu'il avait
pris naissance. Peut - être nous re-

trouverons-nous pour la dernière fois dans. . . . . »

Quand Melmoth eut achevé la lecture du manuscrit, il se pencha sur la table devant laquelle il était assis; sa tête était appuyée sur ses mains. Il avait les sens comme égarés, et l'esprit dans un état où la stupeur se mêlait à l'irritation. Au bout de quelques instans, il se leva avec un tressaillement involontaire, et il vit le portrait qui semblait le regarder fixement. Il était placé à fort peu de distance du tableau, et cette distance paraissait encore diminuée par la lumière forte dont il était éclairé. Melmoth crut pour un moment que la peinture allait ouvrir la bouche,

et lui expliquer la mystérieuse existence de son original.

Il contempla à son tour le portrait;
le plus profond silence régnait dans la
maison : ils étaient seuls ensemble. A
la fin, l'illusion se dissipa; et comme
l'esprit passe facilement d'un extrême à
l'autre, Melmoth se rappela l'ordre que
son oncle lui avait donné. Il saisit le
portrait. Sa main trembla dans le premier moment; mais la toile usée semblait faciliter ses efforts. Il l'arracha du
cadre avec un cri moitié effrayant,
moitié triomphant. Le portrait tomba
à ses pieds, et il frémit en le voyant
tomber. Il s'attendait que des sons
plaintifs, des soupirs d'une horreur
prophétique et inexplicable suivraient

I.   15

le sacrilége qu'il commettait en enlevant
des murs paternels le portrait d'un de
ses ancêtres. Il s'arrêta pour écouter:
aucun bruit ne frappa son oreille; mais
par un effet du raccourci, les plis que
forma la toile, en tombant à terre,
donnèrent au portrait l'apparence du
sourire. Melmoth éprouva, à cette vue,
une horreur inconcevable. Il releva le
tableau, courut dans la chambre voisine, le coupa en lanières, le jeta au
feu, et ne le quitta point qu'il n'en eût
vu consumer le dernier débris. Il se
jeta alors sur son lit, dans l'espoir de
réparer ses fatigues par un sommeil
profond; mais il lui fut impossible de
dormir. La lumière triste des tourbes
qui continuaient à brûler dans le foyer,

le troublait à chaque instant, en jetant
une téinte rougeâtre sur tous les meu-
bles de la chambre. Le vent était très-
élevé; et chaque fois que la porte cra-
quait, Melmoth croyait entendre tourner la serrure, et un pied se poser sûr
le seuil. Tout à coup, soit en songe,
soit en réalité, Melmoth n'en acquit
jamais la certitude, il crut voir à cette
même porte l'image de son ancêtre.
Elle hésitait, comme la nuit de la mort
du vieux Melmoth. Elle approcha enfin de son lit, et lui dit à l'oreille :
« Vous m'avez donc brûlé ? Mais je
puis survivre à *ces* flammes : j'existe ;
je suis à vos côtés. » Melmoth tressaille;
il saute à bas de son lit, et voit le jour.
Jetant les yeux autour de lui, il n'aper-

çoit personne dans la chambre ; il
éprouve seulement une légère douleur
dans le poignet droit. Il y regarde, et
voit une marque bleue, comme celle
d'une main qui l'aurait pressé avec
force.

CHAPITRE V.

———

Le soir d'après, Melmoth se retira de bonne heure. Le peu de repos qu'il avait goûté la veille lui rendait le sommeil nécessaire, et la tristesse du temps ne lui inspirait pas le désir de prolonger la journée. On était à la fin de l'automne, de gros nuages parcouraient lentement le ciel, comme pour se conformer à l'ennui que l'âme éprouve dans cette saison de l'année. Il ne tombait pas une goutte de pluie : les nuées en s'amoncelant présageaient une tempête

affreuse. La menace ne tarda pas à s'ac-
complir. La soirée offrit une obscurité
prématurée, et des raffales soudaines
ébranlaient la maison jusque dans ses
fondemens. Vers la nuit, la tempête fut
dans toute sa force. Le lit de Melmoth
était secoué au point de lui ôter toute
possibilité de dormir; il se leva et descendit à la cuisine où les domestiques
rassemblés étaient assis autour du feu.
Tous convenaient qu'ils n'avaient jamais entendu de tempête aussi horrible,
et dans l'intervalle des coups de vent qui
s'engouffraient dans la cheminée, ils of-
fraient au Ciel des prières pour ceux qui
étaient sur mer pendant cette nuit. La
proximité de la côte, qui était de celles
que les marins appellent *malsaines*;

donnait à leurs vœux une effrayante sincérité.

Bientôt cependant Melmoth découvrit que leur esprit éprouvait d'autres terreurs encore que celles qu'inspirait la tempête. Ils semblaient tous la croire intimement liée avec la mort récente de leur maître, et avec la visite du personnage extraordinaire, dont l'existence ne souffrait aucun doute à leurs yeux. Ils se communiquaient mutuellement leurs craintes, à voix basse, mais assez distinctement pour que Melmoth qui marchait à grands pas dans la cuisine pût fort bien entendre ce qu'ils se disaient. La frayeur aime l'association des idées; elle se plaît à lier l'agitation des élémens avec celle de la vie de l'homme.

Le vent, les éclairs, le roulement du tonnerre trouvent toujours quelqu'un dont l'imagination active reconnaît en eux la suite ou le présage d'une calamité ; ils ont toujours quelque rapport avec le sort des vivans ou la destinée des morts.

« Il est parti avec ce coup de vent, » dit une des vieilles femmes en ôtant la pipe de sa bouche et en cherchant vainement à la rallumer aux cendres que la tempête avait dispersées sur le carreau.

« Il reviendra, » s'écria une autre ; « il reviendra ; il ne repose pas! il crie et se lamente, jusqu'à ce qu'il ait dit quelque chose qu'il n'a jamais pu dire pendant sa vie. Dieu nous préserve, » ajouta-t-elle, en se baissant pour parler

dans la cheminée comme si elle avait
voulu adresser la parole à cette âme inquiète. » Dites-nous ce que vous désirez et *faites cesser la tempête.* Y con-
sentez-vous ? »

Le vent lui répondit avec d'affreux
hurlemens : la vieille se retira en fris-
sonnant.

« Si c'est là ce que vous voulez, pre-
nez-les tous, » dit une jeune femme que
Melmoth n'avait pas encore remarquée ;
et en disant ces mots elle arracha avec
vivacité ses papillottes et les jeta au
feu.

Son action fit souvenir Melmoth
d'une histoire ridicule qu'on lui avait
racontée la veille. Il paraît que cette
jeune fille s'était servie pour ses cheveux

de quelques vieux papiers de famille
tout-à-fait inutiles ; elle s'imagina néanmoins que le bruit terrible qui se faisait
là-haut provenait de ce qu'elle s'était
emparée d'une chose appartenant au
défunt ; elle n'eut donc rien de plus
pressé que de s'en dessaisir en ajoutant :

« Allons, allons, soyez content, au
nom du Seigneur, et qu'il n'en soit plus
question. Vous avez maintenant ce que
vous désirez : nous laisserez-vous tran-
quilles ? »

Melmoth ne put s'empêcher de rire de
cette apostrophe. Tout à coup il s'ar-
rête, frappé d'un son qui n'était pas celui du vent.

« Chut ! Silence. Je viens d'entendre

un coup de canon. Il y a un vaisseau près de la côte. »

Chacun se tut pour écouter. Nous avons déjà dit que la demeure de Melmoth était près de la mer : aussi ses habitans étaient-ils accoutumés aux naufrages et à toutes les horreurs qui les accompagnent, et il n'est que juste de dire que jamais des signaux de détresse ne les avaient trouvés lents à courir au secours de leurs semblables.

Tous les domestiques fixèrent leurs regards sur Melmoth : on eût dit que ses yeux pouvaient dévoiler les secrets des abîmes. Le vent s'apaisa pendant un moment qui s'écoula dans un morne silence et dans l'attente la plus douloureuse. Le même son se répéta : on ne

pouvait plus s'y tromper. « C'est un canon. Il y a un vaisseau en détresse; »
s'écria Melmoth en s'élançant hors de
la cuisine et en disant aux hommes de le
suivre.

Ils ne se firent pas prier, ne demandant pas mieux que de courir au-devant
du danger. Après tout, une tempête est
moins terrible au grand air qu'entre
quatre murs. Elle excite l'énergie de
ceux qui y sont exposés, elle les sti-
mule à agir et flatte leur vanité, tandis
que ceux qui restent chez eux éprouvent
un besoin d'action qui leur fait presque
préférer la souffrance et la crainte.

On aurait de la peine à se figurer la
confusion qui tout à coup régna dans la
maison. De tous côtés on cherchait de

vieux habits, de vieilles boites, de vieux
chapeaux du défunt. Pendant ce temps
Melmoth était monté à la chambre la
plus élevée de la maison. Le vent avait
brisé la fenêtre. S'il y avait eu de la lumière il aurait distingué la mer et une
grande étendue de côte. Il mit la tête à
l'air et l'avança le plus qu'il put, en retenant son haleine pour mieux entendre
et mieux voir. La nuit était sombre ;
mais son œil, rendu perçant par l'inquiétude, finit par distinguer une lumière à une grande distance en mer.
Une raffale le força de s'éloigner pour
un instant. A son retour, il aperçut une
faible lueur bientôt suivie d'un coup de
canon.

Il ne lui en fallut pas davantage, et

en moins de cinq minutes Melmoth
et ses gens furent sur le rivage. Ils n'a-
vaient pas loin à aller; mais la violence
du vent retardait leur marche et l'inquiétude la faisait paraître plus triste
encore. De temps à autre ils se disaient
d'une voix entrecoupée : « Réveillez les
habitans de cette chaumière. — Il y a
de la lumière dans cette maison. — Ils
sont tous levés. — Cela n'est pas éton-
nant. — Qui pourrait dormir pendant
une pareille nuit? — Tenez la lanterne
plus basse. — Il est impossible de tenir
sur la grève. »

« Encore un coup de canon! » s'é-
crièrent-ils tous à la fois en distinguant
la lueur de l'amorce qui perçait l'obscurité de la nuit, et le coup retentit

bientôt pesamment autour du rivage comme si on l'eût tiré sur la tombe des infortunés.

« Voici le rocher ! tenons-nous bien et ne nous quittons pas. »

Ils l'escaladèrent.

« Grand Dieu ! » s'écria Melmoth, qui était au nombre des plus avancés ; « quelle nuit et quel spectacle ! Elevez votre lanterne. N'entendez-vous pas des cris ? Faites-leur un signal ; faites-leur comprendre qu'ils peuvent espérer, que le secours est près d'eux. — Arrêtez, » ajouta-t-il au bout d'un instant, « laissez-moi monter sur cette roche ; ils entendront mes cris. »

Il se mit à traverser témérairement le bras de mer qui le séparait du promontoire où il voulait monter, tandis que l'écume des brisans, dont il était enveloppé, menaçait de le suffoquer. Il arriva à la fin, et fier de son succès, il cria de toutes ses forces. Mais sa voix se perdit dans la tempête; lui-même, il put à peine l'entendre. Dans cet instant les nuages, chassés avec rapidité, s'entr'ouvraient, et la lune vint dissiper l'obscurité. Melmoth aperçut distinctement le vaisseau, et reconnut tout son danger. Il avait échoué contre un rocher, au-dessus duquel les brisans lançaient leur écume à la hauteur de plus de trente pieds. Le corps du navire était à moitié sous l'eau. Son grand mât était coupé. Les cordages étaient déchirés, et à chaque lame qui passait

sur le pont, Melmoth entendait les cris
de ceux qu'elle entraînait, ou de ceux
dont les forces et le courage étant également épuisés, ne conservaient plus
d'espoir, et savaient que leur trépas serait le premier qui suivrait. Rien n'est
plus horrible que de voir des hommes
périr si près de nous, qu'il suffirait en
quelque sorte de leur tendre la main
pour en sauver quelques-uns, sans qu'il
soit possible d'exécuter le simple mouvement d'où dépendrait leur salut.
Melmoth le sentit, et il fut si pénétré
de l'inutilité de ses efforts, que ses cris
inarticulés ne faisaient qu'imiter le bruit
des vents qui sifflaient autour de lui.

Sur ces entrefaites toute la popula-
tion du voisinage, alarmée par la nou-

velle qu'un vaisseau se perdait sur la
côte, arrivait en masse sur le rivage, et
ceux mêmes qui par expérience, par
conviction, ou peut-être par ignorance,
ne cessaient de répéter : « Qu'il était
impossible de sauver le navire ; que tout
l'équipage devait infailliblement périr.»
Ceux-là mêmes, disons-nous, ne laissaient pas de presser le pas, comme
s'ils eussent été impatiens de voir leurs
prédictions se réaliser, tout en s'effor-
çant d'en détourner l'effet.

On remarquait surtout parmi eux un
homme, qui assurait pertinemment que
le vaisseau aurait coulé à fond avant
qu'ils ne pussent arriver sur la grève.
Monté sur un rocher, et voyant l'état
désespéré des naufragés, il cria d'un

air de triomphe : « Ne vous l'avais-je pas dit ? N'avais-je pas raison ? » Plus la tempête augmentait, plus il élevait la voix pour dire : « N'avais-je pas raison ? » Et il répétait la même phrase au milieu des cris de l'équipage mourant. Etrange sentiment de vanité, qui élève des trophées au sein des tombeaux. C'est dans le même esprit que souvent on donne conseil au malheureux, et que quand son malheur est au comble, on se console par l'idée de l'avoir prédit. Du reste, l'homme dont nous venons de parler avait le cœur généreux et sensible. Il en donna des preuves cette nuit même : car il périt en cherchant à sauver la vie à un matelot qui nageait à vingt pas de lui.

Cependant tout le rivage était couvert de monde. Les rochers semblaient être animés; mais toute assistance était impossible. Pas une chaloupe ne pouvait mettre en mer dans un temps pareil. Des cris retentissaient néanmoins d'un rocher à l'autre; cris affreux qui annonçaient aux infortunés, à la fois, la proximité et l'impossibilité du secours. A la lumière des lanternes, ils voyaient le rivage peuplé d'habitans, dont ils étaient séparés par des vagues mugissantes, barrière insurmontable! Ce fut dans ce moment que Melmoth se réveilla d'une stupeur horrible, à laquelle il avait été livré; regarda autour de lui, et voyant l'attention de tant de personnes dirigées vers le même objet,

dans le vain espoir de secourir des
malheureux, il s'écria : « Le cœur de
l'homme est donc réellement bon quand
il est excité par les souffrances de ses
semblables ! » Il n'eut pas le temps de
s'abandonner à cette consolante réflexion. Elle fut troublée à la vue d'un
personnage, debout sur un rocher à
quelques toises au-dessus de lui, et qui
ne témoignait ni sympathie ni terreur.
Il ne disait rien, n'offrait aucun secours.
Melmoth pouvait à peine se soutenir
sur le rocher glissant où il était placé ;
l'inconnu, quoique plus haut, paraissait être inébranlable. Il ne se laissait
émouvoir ni par la tempête, ni par le
spectacle qu'il avait devant les yeux.
Les vêtemens de Melmoth étaient en

lambeaux malgré tous ses efforts; ceux
de l'étranger restaient immobiles au
souffle de la tempête. Cette circonstance,
quelque étonnante qu'elle fût, frappa
moins notre jeune homme que l'insensi-
bilité qu'il témoignait à la terreur et à
la détresse qui l'environnaient. Melmoth s'écria tout haut : « Juste Ciel!
est-il possible qu'une créature humaine
reste là sans faire un effort, sans exprimer un sentiment en faveur de ces infortunés qui périssent? » Après quelques momens de silence, il entendit
distinctement ces mots : « Qu'ils meu-
rent. » Il leva les yeux et vit encore
l'étranger à la même place, les bras
croisés sur la poitrine, le pied en avant,
immobile au milieu de l'écume dont il

était couvert. Aux pâles rayons de la
lune, Melmoth put observer qu'il considérait la scène avec une expression de
physionomie, formidable, révoltante,
barbare. Dans ce moment même, une
vague se brisa contre la carcasse du
vaisseau, et un cri d'horreur s'éleva
de la bouche de tous les spectateurs.

Aussitôt que ce cri eut cessé de re-
tentir, Melmoth entendit un éclat de
rire qui lui glaça le sang dans les vei-
nes. Il provenait du personnage placé
au-dessus de lui. Un souvenir vint tout
à coup l'éclairer comme un coup de
foudre. Il se rappela ce que le manuscrit
disait de la nuit où Stanton rencontra
pour la première fois, en Espagne, cet
être extraordinaire dont l'existence en-

chantée , défiant le temps et l'espace,
eut par la suite une si fatale influence
sur sa destinée. Il se rappela le rire infernal avec lequel cet être avait contem-
plé les corps des deux amans que la
foudre avait consumés. Melmoth crut
avoir entendu ce même rire ; il ne
douta pas que le même être ne fût devant ses yeux. Sans se livrer à aucune
réflexion , il s'empressa d'escalader le
rocher ; déjà il n'était plus qu'à quelques pieds de cet objet qui la nuit
comme le jour occupait sans relàche
toutes ses pensées ; il pouvait presque
le toucher en étendant seulement la
main. Il ne lui restait qu'un pas à faire
pour atteindre le sommet de la roche :
il saisit une pierre ; elle se détache , et

Melmoth roule jusqu'au bas, où les flots
semblaient l'attendre pour l'engloutir.

Il ne sentit pas d'abord toute la hauteur de sa chute ; mais il entendit le
bruit de l'onde qui s'entr'ouvrait. Il
alla pour un moment au fond et revint
sur-le-champ à la surface de l'eau. Il
se débattait sans rien trouver à saisir.
Dix mille trompettes retentissaient à
ses oreilles, des flammes sortaient de
ses yeux. Enfin il perdit tout-à-fait
connaissance et ne reprit ses sens qu'au
bout de quelques jours, quand il se retrouva dans son lit ; la vieille gouvernante était à ses côtés. Il s'écria d'une
voix affaiblie : « Quel songe affreux ! »
et il ajouta en retombant sur son oreiller : « Comme il a épuisé mes forces ! »

I.   17

CHAPITRE VI.

APRÈS cette exclamation, Melmoth garda pendant quelques heures un profond silence. Sa mémoire revenait graduellement; ses sens retrouvaient leur assiette; sa raison reprenait son empire.

« Maintenant je me souviens de tout, » s'écria-t-il en se mettant sur son séant avec une véhémence soudaine qui effraya sa vieille garde : car elle croyait déjà que son délire allait le reprendre. Mais s'étant approchée de son lit, la chandelle d'une main, tandis que de l'autre elle se couvrait soigneusement

les yeux, afin que la lumière tombât
en plein sur les traits du malade, elle
vit briller dans ses regards le feu de
la raison. Tous ses mouvemens indiquaient le retour parfait de la santé.
Il demanda vivement comment il avait
été sauvé; comment la tempête s'était
terminée; si quelque personne de l'é-
quipage avait survécu comme lui au
naufrage. Quoiqu'on eût bien recom-
mandé à la gouvernante de ne pas
souffrir qu'il parlât, ni même qu'il
écoutât parler, elle ne put s'empêcher
de répondre à ses questions réitérées.
Depuis plusieurs jours déjà elle suivait
ponctuellement l'ordonnance : c'était
tout ce que l'on pouvait raisonnable-
ment exiger d'elle.

Elle commença donc sa narration, qui servit du moins à endormir profondément Melmoth avant qu'elle fût à moitié terminée. Il avait écouté le commencement avec beaucoup d'attention; mais sa respiration prolongée fit bientôt connaître qu'il cédait à un assoupissement involontaire. Elle ne cessa pourtant pas de parler, et les images qu'elle dépeignait continuèrent pendant quelque temps à flotter vaguement devant ses yeux, sans qu'il pût néanmoins les comprendre ou les coordonner.

Le lendemain en se réveillant, il regarda autour de lui; ses idées n'étaient pas encore bien nettes, mais il se rappelait cependant que la gouvernante lui avait parlé d'un étranger qui avait

été sauvé du naufrage, qui se trouvait
dans la maison et qui était encore
très-souffrant et très-affaibli des meur-
trissures qu'il avait reçues , de la
frayeur et des fatigues qu'il avait éprou-
vées. Melmoth demanda instamment à
le voir.

Les opinions des domestiques étaient
partagées au sujet de cet étranger. Il
était catholique , et cette circonstance
parlait en sa faveur auprès d'eux. Son
premier mouvement, en recouvrant la
raison, avait été de demander un prêtre catholique et de remercier le ciel
de ce qu'il se trouvait dans un pays
où il pouvait jouir des secours de la
religion. Jusque-là tout allait bien ;
mais il montrait une hauteur mysté-

rieuse et une réserve qui repoussaient l'officieuse indiscrétion de ceux qui le servaient. Il se parlait souvent à lui-même dans une langue qu'ils ne comprenaient pas. Ils avaient espéré que l'ecclésiastique leur donnerait quelque éclaircissement à ce sujet ; mais celui-ci, après avoir écouté pendant assez long-temps à la porte, déclara que la langue que l'étranger parlait *n'était pas le latin*, et quand il l'eut entretenu, il refusa de leur dire quelle était cette langue, et leur défendit même de témoigner à cet égard la moindre curiosité. Cette explication fut loin de les satisfaire, et ils décidèrent en outre que, puisque l'étranger parlait couramment l'anglais, il n'avait pas le

droit de les inquiéter par ces sons in-
connus, qui souvent pleins d'énergie,
semblaient ne devoir servir qu'à évo-
quer quelque être invisible.

« Il demande tout ce dont il a besoin en anglais, » dit la gouvernante ;
« il dit en anglais qu'il lui faut de la
chandelle, il dit anssi en anglais qu'il
a envie de se coucher ; et pourquoi
diantre ne peut-il pas tout faire en anglais ? Il adresse aussi en anglais sa
prière à ce portrait qu'il tire sans cesse de
sa poitrine, et cependant je suis sûre que
ce n'est pas celui d'un saint : car je l'ai
entrevu ; c'est bien plutôt celui du
diable, Dieu me préserve ! »

Toutes ces étranges rumeurs et mille
autres encore étaient sans cesse rappor-

tées à Melmoth qui en était tout-à-fait
étourdi. Enfin, ayant appris que l'ecclésiastique venait chaque jour voir
l'étranger, il demanda si le père Fay
était dans la maison. « S'il y est, je
veux le voir. » Le père Fay ne tarda
pas à se rendre auprès de lui. C'était un
ecclésiastique grave et respecté même
de ceux qui n'étaient pas de sa com-
munion. Quand il entra dans la chambre de Melmoth, celui-ci souriait encore du vain bavardage de ses domestiques.

« Je vous remercie, monsieur, » dit-
il, « de vos attentions pour l'infortuné
gentilhomme qui se trouve, m'a-t-on
dit, chez moi. »

— « Je n'ai fait que remplir mon devoir. »

— « Est-il vrai qu'il parle parfois une langue étrangère? »

L'ecclésiastique répondit affirmativement.

« Savez-vous quel est son pays? »

« Il est Espagnol, » dit le prêtre, et cette réponse si simple ne laissa aucun doute à Melmoth; il vit qu'il n'y avait dans tout cela d'autre mystère que celui que ses domestiques, dans leur folie, avaient eux-mêmes créé.

L'ecclésiastique raconta pour lors à Melmoth les détails du naufrage. Le navire était un vaisseau marchand anglais, destiné à Wexford ou à Waterford, et qui, poussé par le vent sur la côte de

Wicklow, y avait échoué sur des rochers
à fleur d'eau dans la nuit du 19 octobre,
et pendant la grande obscurité causée
par la tempête. L'équipage, les passa-
gers, tout avait péri excepté ce seul Espagnol. Une chose digne de remarque
était que cet étranger avait sauvé la vie
de Melmoth. Pendant qu'il s'efforçait
d'atteindre le rivage à la nage, il avait
vu celui-ci tomber du rocher qu'il gra-
vissait, et quoique ses forces fussent à
peu près épuisées, il en avait recueilli
le peu qui lui restait pour sauver une
personne qui, à ce qu'il jugeait, ne devait qu'à son humanité le danger où il
avait été entraîné. Ses efforts réussirent,
quoique Melmoth ne s'en aperçût pas,
et le matin on les trouva sur la grève,

enlacés dans les bras l'un de l'autre ;
mais tous deux roides et sans connaissance. Quand on voulut les séparer, ils
donnèrent quelques signes de vie, et
l'étranger fut transporté à la maison de
Melmoth.

« Vous lui devez la vie, » dit le prêtre
quand il eut fini de parler.

« Je vais à l'instant même l'en remercier, » répondit Melmoth. Tandis qu'on
l'aidait à sortir de son lit, la vieille
femme lui dit à l'oreille avec un effroi
qui n'était que trop visible :

« Au nom du Ciel, ne lui dites pas
que vous êtes un Melmoth. Quelqu'un
ayant par hasard prononcé ce nom devant lui l'autre soir, il s'est mis à battre
la campagne comme un fou. »

Melmoth se rappela douloureuse-
ment, à ces mots, quelques passages
du manuscrit; mais il fit un effort sur
lui-même, et se rendit à la chambre de
l'étranger.

L'Espagnol était un homme d'environ trente ans, d'une belle figure et des
manières prévenantes. A la gravité ordinaire à ceux de sa nation, il joignait
une teinte particulière de mélancolie.
Il parlait l'anglais couramment, et Melmoth lui en ayant fait l'observation, il
répondit en soupirant qu'il l'avait appris
à une pénible école. Melmoth changea
pour lors de discours, et lui témoigna
sa reconnaissance de ce qu'il lui avait
sauvé les jours.

« Seigneur, épargnez-moi, dit l'Espagnol : « si la vie ne vous était pas plus précieuse qu'à moi, elle ne serait pas digne de vos regrets. »

« Vous avez cependant fait des efforts pour vous sauver, » observa Melmoth.

« C'était par instinct, » dit l'Espagnol.

« Vous en avez fait autant pour moi, » reprit Melmoth.

« C'était aussi de l'instinct, dans le premier moment, » répliqua l'Espagnol ; puis reprenant sa grave politesse, il ajouta : « je ferais mieux de l'attribuer à l'influence de mon bon génie. Je suis étranger dans ce pays, et j'aurais été bien malheureux si je n'eusse trouvé un asile sous votre toit. »

Melmoth crut remarquer qu'il parlait avec difficulté, et il avoua en effet,

quelques instans après, que, quoiqu'il
ne fût pas blessé, il avait éprouvé tant
de fatigue, il s'était fait tant de contu-
sions, qu'il avait presque perdu l'usage
de ses membres, et qu'il respirait péni-
blement. Après avoir achevé la relation
de ses souffrances pendant le naufrage
et durant ses efforts pour gagner le rivage, il s'écria en espagnol :

« O mon Dieu ! pourquoi Jonas s'est-
il sauvé quand l'équipage a péri ? »

Melmoth, croyant qu'il allait se livrer à quelque devoir de piété, voulut
se retirer; mais l'Espagnol le retint en
lui disant :

« Seigneur, j'apprends que votre nom
est........ » Il fit une pause, frémit, et
puis, avec un effort qui ressemblait à

une convulsion, il prononça le nom de
Melmoth.

— « Mon nom est en effet Melmoth.»

— «Avez-vous eu un ancêtre à une
époque très-reculée, dont peut-être il
ne vous reste plus de tradition?........
Mais il est inutile de le demander......»

Ici l'Espagnol se couvrit le visage de
ses deux mains, et poussa un long gé-
missement. Melmoth l'écoutait avec une
curiosité mêlée d'effroi.

— «Peut-être que si vous vouliez
poursuivre je serais en état de vous répondre. Continuez donc, seigneur. »

«Avez-vous eu,» reprit l'Espagnol en
parlant rapidement, quoique avec effort, « un parent qui ait visité l'Espagne
il y a environ cent quarante ans? »

— « Je crois.... oui.... je crains d'en avoir eu. »

— « Cela suffit, seigneur; laissez moi..... demain peut-être.....laissez-moi de grâce pour aujourd'hui. »

« Il m'est impossible de vous quitter maintenant, » dit Melmoth en le retenant dans ses bras comme il allait tomber par terre. Il n'était pas insensible, car ses yeux roulaient avec une expression terrible; et il s'efforçait de parler. Ils étaient seuls. Melmoth n'osant l'abandonner demanda de l'eau, et quand il voulut ouvrir son gilet pour faciliter sa respiration, il trouva sur son cœur une petite miniature. Dès qu'il eut touché ce portrait, l'étranger revint à lui comme par enchantement. Il le saisit d'une main froide comme la mort, et murmura d'une voix rauque mais touchante : « Qu'avez-vous fait ? » Il chercha le ruban auquel ce portrait était suspendu, et dès qu'il se fut tranquillisé au sujet de son trésor, il se tourna vers Melmoth, et dit avec un calme effrayant : « Vous savez donc tout ? »

« Je ne sais rien, » dit Melmoth en balbutiant.

L'Espagnol se releva, et se dégageant des bras de Melmoth qui le soutenait, il s'approcha vivement, mais en chancelant, des lumières, exposa à ses regards le portrait qu'il tenait : c'était celui de cet être extrordinaire. Grossièrement peint, on y reconnaissait le pinceau d'un amateur; mais la ressem-

I. 18

blance était d'une fidélité surprenante.

« Votre ancêtre.... était-il.... l'original de ce portrait?... Etes-vous un de
ses descendans?... Etes-vous le déposi-
taire de ce terrible secret qui...?

Il tomba de nouveau sur le plan-
cher, agité d'affreuses convulsions, et
Melmoth qui, dans l'état de faiblessse
où il se trouvait lui-même, ne pouvait
supporter une pareille scène, fut ra-
mené dans son appartement.

Il ne revit son hôte qu'au bout de
plusieurs jours. Celui-ci était plus
calme, et il conserva sa tranquillité
jusqu'à ce qu'il se rappelât qu'il devait
à Melmoth quelques excuses de la singulière émotion qu'il avait témoignée
à leur première entrevue. Il commença

en hésitant,.... s'arrêta, et paraissait
chercher vainement à mettre de l'ordre
dans ses idées ou plutôt dans son lan-
gage; mais il était si évident que les efforts qu'il faisait ne servaient qu'à re-
nouveler son émotion, que Melmoth
crut devoir les lui éviter, et changea
de conversation. Celle qu'il choisit fut
la plus malheureuse qu'il eût pu imaginer. Il lui demanda le motif de son
voyage en Irlande. Après une longue
pause, l'Espagnol lui dit :

« Il y a peu de jours, seigneur,
que je ne pensais pas qu'il existât un
mortel dont le pouvoir allât jusqu'à me
forcer à dévoiler ce motif. Je le croyais
aussi impossible à communiquer que
difficile à croire. Il me semblait que

j'étais seul sur la terre, sans espoir et sans consolation. Il est étrange qu'un accident m'ait conduit chez le seul individu de qui je puis attendre l'un et l'autre, et qui pourra peut-être faciliter pour moi le développement des circonstances qui m'ont placé dans une situation si extraordinaire. »

Cet exorde, prononcé avec une gravité solennelle, fit beaucoup d'effet sur Melmoth. Il s'assit et se préparait à l'écouter. Déjà l'Espagnol avait commencé à parler, quand, après un peu d'hésitation, il arracha le portrait de son cou, et le jetant par terre, il l'écrasa sous ses pieds, avec une vivacité tout-à-fait méridionale, puis il s'écria :

« Démon ! démon ! tu m'étrangles ! »
Quand l'exécution fut faite, il dit :
« Maintenant je suis plus tranquille. »

La chambre dans laquelle ils étaient
assis était basse et mal meublée. La
soirée était orageuse, et le vent faisait
crier les fenêtres et les portes. Pendant
la longue pause que fit l'Espagnol avant
de commencer sa narration, Melmoth
se sentit profondément agité ; son cœur
battait. Il se leva et voulut, par un
signe de la main, l'empêcher de parler.
L'étranger, regardant au contraire ce
signe comme une marque de son impatience, prit la parole en ces termes.

FIN DU PREMIER VOLUME.

www.ingramcontent.com/pod-product-compliance
Lightning Source LLC
Chambersburg PA
CBHW051818020726
47502CB00005B/1511